書本角色介紹

Yuni Irawati

Perempuan, 21 tahun

Yuni adalah orang Indonesia. Dia tinggal di Jakarta. Yuni lahir tanggal 16 April 2003. Dia adalah mahasiswa S1 di salah satu universitas di Jakarta. Yuni orangnya baik dan ramah. Dia suka bergaul dan mempunyai banyak teman dari berbagai negara.

女生，21 歲

Yuni 印尼人，住在雅加達。 Yuni 出生於 2003 年 4 月 16 日，是雅加達一所大學的大學生。 Yuni 是位善良且擅長交朋友的人，她在校園裡認識許多來自不同國家的朋友。

Pei Lin Chang

Perempuan, 20 tahun

Pei Lin adalah orang Taiwan. Dia berasal dari Taipei. Pei Lin lahir tanggal 21 Juli 2004. Dia adalah mahasiswa S1 yang sedang mengikuti program pertukaran pelajar ke Indonesia. Pei Lin sangat tertarik dengan budaya Indonesia dan ingin belajar lebih banyak lagi selama tinggal di Jakarta.

女生，20 歲

Pei Lin 臺灣人，來自臺北。她出生於 2004 年 7 月 21 日，大學生。目前正在印尼參加國際交換生計畫。Pei Lin 對印尼文化非常感興趣，她希望在雅加達生活期間能認識更多當地文化。

Yuni dan Pei Lin bertemu di kampus. Mereka berkenalan dan akhirnya menjadi teman baik. Mari kita belajar bahasa Indonesia bersama-sama melalui percakapan Yuni dan Pei Lin!

Yuni 和 Pei Lin 是在校園裡認識的，是非常好的朋友。

讓我們透過 Yuni 和 Pei Lin 的日常對話一起學習印尼語吧！

目次

發音

課文

附錄

序

黎順雯 老師

在台灣生活了十年多，我從未想過自己會投入教育工作教授印尼語，而且一轉眼就已經做了七年。

身為印尼人，印尼語是從小透過口語自然學會的，因此有許多語法和規則是從未被書面記載的，對於作為第二語言學習者的角度來說，很難理解。這也是我在教學的過程所面臨的挑戰之一。我甚至需要從零開始發展自己的教材。市面上很難找到適合給中文母語者的印尼語教材。因此，我的目標是編寫一本不會讓初學者感到畏懼，但同時能夠打下堅實基礎的教材。希望這本書能幫助所有對印尼語有興趣的人輕鬆入門，逐步掌握語言的精髓。

在此，我要感謝所有在這段旅程中給予我機會與支持的人。感謝智寬文化的陳宏彰經理的信任與珍貴機會，讓我能夠和我優秀的學生陳蓁一起完成這本書。也特別感謝我的朋友們和家人以及我的先生不斷的鼓勵。

Saya ingin mengucapkan terima kasih banyak kepada ilustrator kami, Mas Lanang, yang menjadikan buku ini sangat menarik secara visual. Terima kasih juga kepada Jonathan Liman, Samanta Limbrada, dan Anna Mamengko yang sudah meninjau dan memberikan masukan terhadap isi buku ini, dan teruntuk semua teman-temanku yang sudah berkontribusi terhadap foto-foto di dalam buku ini. Buku ini saya dedikasikan kepada Ibu Sri Wahyuni, guru bahasa Indonesia saya.

我相信語言不單是溝通的工具也可以拉近人心的距離。能在台灣教授印尼語並分享印尼文化是我的榮幸。一切榮耀歸於主耶穌基督！

黎順雯
Wennie

序

陳蓁

自從我開始學習印尼語，我深刻感受大部分人對於印尼抱持著一種模糊的印象。然而，隨著時間，印尼移民工早已是台灣人文風景中重要的一部分。在漁船、工地、車站廣場和你我生活中，隨處可見他們的身影。

就在 **2023** 年，我展開了一段充滿挑戰的旅程，親自前往萬島之國——印尼。

為了讓書籍的撰寫內容能夠完整呈現印尼的多元面貌，我特地挑選首都雅加達和爪哇島上的一個古老城市一日惹，作為我的體驗當地人文風情的目的地。這段旅程為我帶來了深刻的體驗和見解，我將這些收穫精心撰寫成書籍內容，期盼透過文字，帶領讀者一同探索印尼語的美麗與奧妙。

非常榮幸能夠受到智寬文化的邀請，讓我有機會與我的印尼語啟蒙老師——黎順雯老師共編這本書印尼語學習書籍。我們出版這本印尼語學習書籍的目的，是為了幫助更多的人了解印尼的語言和文化。我堅信，透過理解，我們可以避免誤解，促進跨文化之間的交流與發展。

最後，我想特別感謝在書籍撰寫期間，智寬文化的陳宏彰經理，以及印尼插畫家 **Mas Lanang**，給予我們許多專業且寶貴的建議。同時也要感謝不斷提供豐富印尼語言及文化資料的印尼朋友 **Anna**，以及一直默默支持和鼓勵我的高中師長、同學はえ和 **Kayle**，還有我最親愛的家人。因為有你們的支持，這本書才能順利問世。

陳蓁

印尼語字母

印尼語字母

00-1

印尼語採用羅馬字母，有 **26** 個字母，分別是 **21** 個子音和 **5** 個母音。

印尼語的書寫跟英語一樣有大小寫之分。

字母／發音	單字
A a [a]	ayam 雞
B b [be]	bapak 爸爸、先生
C c [ce]	cinta 愛
D d [de]	daging 肉
E e [e]	enak 美味
F f [ef]	foto 相片
G g [ge]	gigi 牙齒

字母／發音	單字
H h [ha]	hari 日子
I i [i]	ibu 媽媽、女士
J j [je]	jam 時間
K k [ka]	kaki 腳
L l [el]	lampu 燈
M m [em]	mata 眼睛
N n [en]	nasi 飯

字母／發音	單字
O o [o]	orang 人
P p [pe]	pisang 香蕉
Q q [ki]	Qur'an 古蘭經
R r [er]	roti 麵包
S s [es]	susu 牛奶
T t [te]	teman 朋友

字母／發音	單字
U u [u]	uang 錢
V v [v]	vas 花瓶
W w [we]	waktu 時間
X x [eks]	
Y y [ye]	yoyo 溜溜球
Z z [zet]	zebra 斑馬

單母音

單母音

00-2

A a

aku
我

anak
孩子

ayam
雞

E e

★ 有兩個發音

[ɛ]

enak
好吃

ekor
尾巴

[ə]

enam
六

emas
金

I i

ini
這

ibu
媽媽、女士

ikan
魚

O o

obat
藥

otak
腦子
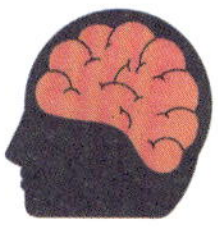

orang
人

U u

uang
錢

udang
蝦子

udara
空氣

雙母音

雙母音

00-3

ai

pantai
海邊

sampai
到達

ramai
熱鬧

au

pulau
島嶼

pisau
刀子

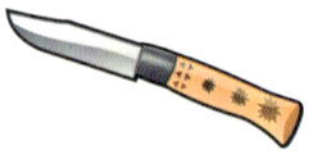

harimau
老虎

oi

toilet
廁所

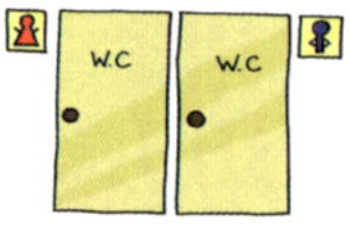

sepoi
微風

asoi
很享受

音節 印尼語子音搭配母音的唸法。

子音＋母音

00-4

子音＼母音	a	e [ɛ]	e [ə]	i	o	u
b	ba	be	be	bi	bo	bu
c	ca	ce	ce	ci	co	cu
d	da	de	de	di	do	du
f	fa	fe	fe	fi	fo	fu
g	ga	ge	ge	gi	go	gu
h	ha	he	he	hi	ho	hu
j	ja	je	je	ji	jo	ju
k	ka	ke	ke	ki	ko	ku
l	la	le	le	li	lo	lu
m	ma	me	me	mi	mo	mu
n	na	ne	ne	ni	no	nu
p	pa	pe	pe	pi	po	pu
q	qa	-	-	qi	-	qu
r	ra	re	re	ri	ro	ru
s	sa	se	se	si	so	su
t	ta	te	te	ti	to	tu
v	va	ve	ve	vi	vo	vu
w	wa	we	we	wi	wo	wu
x	xa	xe	-	xi	-	-
y	ya	ye	-	yi	yo	yu
z	za	ze	-	zi	zo	zu

ABC 分辨相似發音的字母

相似發音的字母 00-5

濁音 Bb	清音 Pp
babi 豬	papi 爸爸
bagi 分配	pagi 早上
bola 球	pola 模板

濁音 Dd	清音 Tt
dua 二	tua 老的
dari 從	tari 舞蹈

濁音	清音
G g	**K k**
gagak 烏鴉	kakak 哥哥、姊姊
gado 混合	kado 禮物
gol 目標	kol 高麗菜

濁音	清音
J j	**C c**
jari 手指	cari 尋找
juri 評審	curi 偷

雙子音+母音

00-6

ng	nga	nge [ɛ]	nge [ə]	ngi	ngo	ngu

nga

bunga

花

nge [ɛ]

mengeja

拼字

nge [ə]

ngeri

可怕的

ngi

wangi

香味

ngo

ngotot

很堅持

ngu

ungu

紫色

ny	nya	nye [ε]	nye [ə]	nyi	nyo	nyu

nya

nyanyi
唱歌

nye [ε]

menyewa
租借

nye [ə]

nyeri
酸痛

nyi

bunyi
聲音

nyo

nyonya
女士

nyu

penyu
海龜

常見的母音＋雙子音

母音＋雙子音

00-7

ng	ang	eng [ɛ]	eng [ə]	ing	ong	ung

ang

angka

數字

eng [ɛ]

goreng

煎的、炸的

eng [ə]

enggak

不

ing

kucing

貓

ong

ongkos

費用

ung

sarung

紗籠

課文

Pelajaran

01 Salam 打招呼

學習重點

❶「見面」與「分開」的招呼用語。

❷ 各時段的問候用語 。

❸ 基本的稱呼用語。

❹ 認識穆斯林問候用語。

Kosakata 重點單字

01-1

① **selamat pagi**	早安	⑥ **kamu**	你
② **Apa kabar?**	你好嗎？	⑦ **saya**	我
③ **apa**	什麼	⑧ **jalan dulu**	先走
④ **baik**	好	⑨ **sampai jumpa**	下次見
⑤ **baik-baik saja**	還不錯	⑩ **lagi**	再次

Percakapan 會話

01-2

Saat berjumpa 見面的時候

Pei Lin **Hai! Selamat pagi.**
嗨！早安！

Yuni **Selamat pagi. Apa kabar?**
早安。你好嗎？

Pei Lin **Baik. Kamu apa kabar?**
過得好。你好嗎？

Yuni **Saya baik-baik saja.**
我還不錯。

Saat berpisah 分開的時候

Yuni **Saya jalan dulu ya.**
我先走。

Pei Lin **Sampai jumpa.**
下次見。

Yuni **Sampai jumpa lagi.**
下次見。

Salam Sesuai Waktu 各時段的問候語

01-3

Waktu 時間	Salam 問候語
早上10點前	**Selamat pagi.** 早安。 pagi 早上
早上10點到下午3點左右	**Selamat siang.** 午安。 siang 中午
下午3點到傍晚6點左右	**Selamat sore.** 午安。 sore 下午
太陽下山後	**Selamat malam.** 晚安。 malam 晚上

小筆記

祝福用語 Selamat 的使用方式

selamat + 動詞 平安、祝福

例
selamat datang 歡迎
selamat makan 用餐愉快
selamat tidur 晚安（睡前的晚安問候）

selamat + 各式節日 恭喜、恭賀

例
selamat ulang tahun 生日快樂
selamat tahun baru 新年快樂

Ayo Latihan! 試試看，開口練習一下！

請利用以下對話內容，依據不同時段說出呼應的問候語。

A: Hai! Selamat ____________.

B: Selamat ____________. Apa kabar?

A: Baik. Kamu apa kabar?

B: Saya baik-baik saja.

Selamat siang.
Selamat siang.

我還可以這樣說

1. 「見面」的問候

「**Selamat +** 早上／中午／下午／晚上」是人們見到面常用的問候語。在口語或非正式場合中，人們習慣將 **selamat** 省略。

Selamat pagi.
Pagi.
Sore.
Sore. Apa kabar?

2. 「你好嗎？」的應答

Apa kabar? 你好嗎？
什麼　消息

在印尼，當人們見到朋友，常說的問候語就是 **Apa kabar?**，目的是為了關心對方的近況如何。你可以根據情況選擇，例 **baik**（很好）、**baik-baik saja**（還不錯）、**sehat**（健康）或 **kurang baik**（不太好），來回應對方。

Ayo Simak dan Ikuti! 讓我們聽一聽，並開口練習！

01-4

情境 1： 回應自己的近況**很好**

A: Apa kabar?

B: Baik.

情境 2： 回應自己的近況**還不錯**

A: Apa kabar?

B: Baik-baik saja.

情境 3： 回應自己的近況**健康**

A: Apa kabar?

B: Sehat.

情境 4： 回應自己的近況**不太好**

A: Apa kabar?

B: Kurang baik.

3. 要「分開」的應答

- 在印尼語中，當你要「先離開」，可以使用以下兩個常見的表達方式：

標準 **Saya jalan dulu.**

日常 **Duluan.**

我先離開。

補充 **jalan** 走、 **dulu** 先

- 在印尼語當中要說「下次見」，我們除了可以說 **sampai jumpa** 之外，還可以使用以下表達方式：

標準 **Sampai jumpa.**

日常 **Sampai ketemu.**

Dadah. (dah)

下次見。

補充 **Dah** 這個詞是源自荷蘭語的 **daag**，有「下次見」的意思。

Ayo Simak dan Ikuti! 讓我們聽一聽，並開口練習！ 01-5

Pei Lin: **Saya jalan dulu ya.**

Yuni: **Sampai ketemu lagi.**

Pei Lin: **Saya duluan ya.**

Yuni: **Dadah.**

非知道不可的印尼語小常識

Bapak、Ibu 的使用時機

在印尼語當中，會使用 **Bapak** 和 **Ibu** 來稱呼長輩，因此，學會使用適當的稱呼方式是非常重要的事情。以下是一些常見場合與對應的稱呼：

場合	稱呼用詞	意思
公開、正式場合	**Bapak** 簡短：**Pak**	先生
	Ibu 簡短：**Bu**	女士
家庭	**Bapak**	爸爸
	Ibu	媽媽

⚠ 印尼是個十分注重禮節和尊敬長輩的國家，如果跟對方不熟悉，請務必使用「較禮貌的稱呼用語」來稱呼對方喔！

Ayo Simak dan Ikuti! 讓我們聽一聽，並開口練習！

01-6

Bapak Toni: **Selamat malam, Ibu Lisa.**

Ibu Lisa: **Malam, Bapak Toni. Apa kabar, Pak?**

Bapak Toni: **Baik, Bu.**

小提醒 01-7

「教師」的稱呼方式

在印尼語中，**guru** 字面上的意思是「教師」。如果在學校裡單獨使用 **guru** 來稱呼老師是不恰當的方式。以下是正確的稱呼方式：

場合	稱謂用詞	意思
校園	**Bapak** 簡短：**Pak**	男老師
	Bapak Guru 簡短：**Pak Guru**	
	Ibu 簡短：**Bu**	女老師
	Ibu Guru 簡短：**Bu Guru**	

例

Ibu Sri adalah guru bahasa Indonesia Yuni.

Ibu Sri 是 Yuni 的印尼語教師。

Yuni：**Selamat siang, Bu.**
老師，午安。

Ibu Sri：**Siang, Yun.**
Yun，午安。

Budaya Indonesia 印尼文化

穆斯林問候語

Asalamualaikum.
願你平安
Wa’alaikumsalam.
也願你平安

問候語 **asalamualaikum** 意思是「願你平安」，是穆斯林之間常用的問候語。在社交場合、禮拜或其他公眾場合，穆斯林通常會用這句話來問候彼此。如果你有機會見到穆斯林朋友，不妨試著用 **asalamualaikum** 來打招呼，那麼他們會以 **wa’alaikumsalam** 來回應，意思是「也願你平安」。

Latihan 牛刀小試

I. 請在空格填上正確的答案。

selamat pagi	selamat siang	selamat sore		selamat malam	
Apa kabar?	sampai jumpa	baik	sehat	Ibu	Bapak

1. ______________________ 午安 (下午)

2. ______________________ 你好嗎？

3. ______________________ 早安

4. ______________________ 下次見

5. ______________________ 晚安

6. ______________________ 好

7. ______________________ 午安 (中午)

8. ______________________ 先生

9. ______________________ 女士

10. ______________________ 健康

II. 請根據以下題目，寫出正確印尼語。

1. 中午 1 點要怎麼打招呼？

____

2. 晚上 10 點要怎麼打招呼？

____

3. 早上 8 點要怎麼打招呼？

____

4. 下午 5 點要怎麼打招呼？

____

5. 當你見到朋友，想問候「你好嗎？」，你會怎麼說？

____

6. 呈上題，如何回應自己的「近況還不錯」？

____

7. 當聚會結束時，要如何跟朋友說「我先離開」？

____

8. 「下次見」除了 **”Sampai jumpa”** 之外，還可以怎麼說？

____

Pelajaran

02 Berkenalan 認識彼此

學習重點

❶ 自我介紹。

❷ 詢問對方的名字、來自哪裡。

❸ 國家名稱、城市名稱。

❹ 人稱代名詞（saya、kamu...）、所有格的縮寫。

Kosakata 重點單字

02-1

1	siapa	誰	6	berasal	來自～
2	nama	名字	7	dari	從（介系詞）
3	kenalkan	讓我介紹一下	8	mana	哪裡
4	salam	問候	9	Kalau kamu?	那你呢？
5	kenal	認識	10	orang	人

Percakapan 會話

02-2

Pei Lin

Siapa nama kamu?

請問你叫什麼名字？

Yuni

Kenalkan, nama saya Yuni.

讓我介紹一下，我的名字是 **Yuni**。

Pei Lin

Halo, Yuni! Saya Pei Lin. Salam kenal.

你好，**Yuni**。我是培琳。很高興認識你。

Yuni

Kamu berasal dari mana?

你來自哪裡？

Pei Lin

Saya dari Taipei, Taiwan. Kalau kamu?

我來自臺灣的臺北。那你呢？

Yuni

Saya dari Jakarta. Saya orang Indonesia.

我來自雅加達。我是印尼人。

Ayo Latihan! 試試看，開口練習一下！

請利用以下題目，練習自我介紹。

Kenalkan, nama saya ________________________.

Saya dari ________________________.

Saya orang ________________________.

Kata Ganti Orang Tunggal 單數人稱代名詞

02-3

	正式	常用	少使用	口語	意思
第一人稱	saya	saya / aku		gua / gue	我
第二人稱	Anda 您	kamu	engkau / kau	lu / lo	你
第三人稱	beliau	dia	ia		他／她

輕鬆學會 Saya 和 Aku 的使用時機

Saya 它是比較正式和禮貌的用詞，適用於比較正式的場合上或與長輩交談時。

Aku 通常用於非正式場合。適用於跟同輩或晚輩的交流，以示親切感。

Kata Ganti Orang Jamak 複數人稱代名詞

02-4

	人稱代名詞	意思
第一人稱	kita	我們 saya + kamu
	kami	我們 saya + dia
第二人稱	kalian	你們
第三人稱	mereka	他們

輕鬆學會 Kita 和 Kami 的使用時機

Kita 和 **kami** 都是「我們」的意思。在交談中，要使用 **kita** 或 **kami** 取決於是否包含聽話者。

Kita 我們（包含聽話者）

例

Yuni

Kita mau makan siang di mana?

我們要在哪裡吃午餐？

Pei Lin

Kita makan siang di kantin yuk!

我們一起在學生餐廳吃飯吧！

Kami 我們（不包含聽話者）

例

Yuni

Aku dan Aldo mau makan siang sama-sama.

Kami duluan ya!

我和 **Aldo** 要一起吃午餐。我們先走！

Pei Lin

OK, dadah!

好的，下次見！

Tata Bahasa 重點文法

1. Siapa 誰

Siapa 是用來詢問他人的「名字」或「身分」的疑問詞。

> **Siapa ＋ 名詞／代名詞？**
> 或
> **名詞／代名詞 ＋ siapa?**
> ➥ ～是誰？

Siapa nama kamu?
= Nama kamu siapa?
你叫什麼名字？

例

Siapa itu?
那是誰？

Kamu siapa?
你是誰？

2. 人稱代名詞

在印尼語的文法中，名詞連接人稱代名詞，意思是「某人的所有權」。

> **名詞 ＋ 人稱代名詞**

例

nama ＋ saya ＝ 我的名字

nama ＋ kamu ＝ 你的名字

Budi

Siapa nama kamu?
請問你叫什麼名字？

Aisyah

Nama saya Aisyah.
我的名字（是）**Aisyah**。

人物／物品名稱 ✚ 人稱代名詞

例
- **guru saya** 我的老師
- **ibu aku** 我的媽媽
- **bapak kamu** 你的爸爸
- **HP dia** 他的手機
- **buku kita** 我們的書
- **uang kami** 我們的錢
- **teman kalian** 你們的朋友
- **rumah mereka** 他們的家

3. 所有格 ～ku、～mu、～nya

名詞 ＋
- ku ➡ 我的～
- mu ➡ 你的～ （人物、物品、事物、地點等名詞）
- nya ➡ 他的～

我的	你的	他的
nama aku ➡ nama**ku**	nama kamu ➡ nama**mu**	nama dia ➡ nama**nya**
ibu aku ➡ ibu**ku**	ibu kamu ➡ ibu**mu**	ibu dia ➡ ibu**nya**
buku aku ➡ buku**ku**	buku kamu ➡ buku**mu**	buku dia ➡ buku**nya**
teman aku ➡ teman**ku**	teman kamu ➡ teman**mu**	teman dia ➡ teman**nya**

4. 詢問國籍、來自哪裡

Dari mana + 人稱代名詞 + berasal?
或
人稱代名詞 + berasal + dari mana?
→ ～來自哪裡？

答
人稱代名詞 + berasal dari + 地方／國名 . → 來自～
人稱代名詞 + orang + 地方／國名 . → （國家／地方）的人

例

Yuni: Dari mana kamu berasal?
你來自哪裡？

Pei Lin: Saya berasal dari Taiwan.
我來自臺灣。

Pei Lin: Dia berasal dari mana?
他來自哪裡？

Yuni: Dia dari Jawa Tengah. Dia orang Indonesia.
他來自中爪哇。他是印尼人。

補充

如果在日常對話中要表達「來自～」，
通常可以省略 **berasal**，直接使用 **dari** ～。

Ayo Simak dan Ikuti! 讓我們聽一聽，並開口練習！ 02-5

Nama	Asal
Yuni Irawati	Jakarta, Indonesia

Siapa dia?

Dia Yuni Irawati.

Siapa namanya?

Namanya Yuni Irawati.

Dia berasal dari mana?

Dia berasal dari Jakarta, Indonesia.

Dari mana dia berasal?

Dia dari Jakarta.
Dia orang Indonesia.

Ayo Latihan! 試試看，開口練習一下！

請根據下方提供的資料，練習對話吧！

Nama	Asal
Eka Putra	Surabaya, Indonesia 泗水，印尼
Naoko Suzuki	Osaka, Jepang 大阪，日本
Kim Jisoo	Busan, Korea 釜山，韓國
Jason Chen	Kaohsiung, Taiwan 高雄，臺灣
Erik Bakker	Rotterdam, Belanda 鹿特丹，荷蘭

A: Siapa dia?

B: Dia ______________________.

A: Dia berasal dari mana?

B: Dia berasal dari ____________________________.

A: Siapa namanya?

B: Namanya ______________________.

A: Dari mana dia berasal?

B: Dia dari _______________. Dia orang ________________.

非知道不可的印尼語小常識

「您」的表達方式

實際上，在印尼的日常生活中，很少使用 **Anda** 來尊稱對方。

通常人們會使用 **Bapak**、**Ibu** 或其他適當的稱呼來尊稱對方。

例

Siapa nama Bapak?
先生，請問您的貴姓大名？

Ibu berasal dari mana?
女士，請問您來自哪裡？

小提醒

疑問詞的使用方法

相信很多人會好奇，為什麼印尼語的「疑問詞」可以出現在句子開頭，也可以連接在名詞或代詞的後方？那是因為印尼語的語法結構和使用方式是比較靈活的。

疑問詞＋～？ 比較正式的用法。

～＋疑問詞？ 比較日常的使用方法，聽起來比較親切。

Budaya Indonesia 印尼文化

印尼人的獨特打招呼技巧，一次就學會！

印尼一直以其友好和禮貌而聞名。為什麼會這樣形容呢？因為從日常的互動就可以看出端倪。有機會參加一些印尼相關的活動或出席一些重要場合，不難看到像是 **salaman**「握手」、**salim**「親手背」、以及 **cium pipi**「親臉頰」這些獨特的問候方式。

Salaman 握手

「握手」這種招呼方式適用於各種場合和時機，像是初次見面、遇到很久沒有見面的朋友、在職場上或是恭賀對方，都可以和對方握手來展現友好和友誼。最特別的是，印尼人會用握手向壽星表達祝福。

Salim (Cium Tangan) 親手背

「親手背」是一種融合爪哇和伊斯蘭文化的禮節。這個動作意味著晚輩對長輩或師長的尊重與尊敬。自古以來，在爪哇和伊斯蘭的文化中，不管是在家庭聚會、校園或正式場合，晚輩們都會被教導，遇到祖父、祖母或師長時，要用額頭或鼻子輕觸對方的手背，以示敬意。

Cium Pipi Kanan, Cium Pipi Kiri 親臉頰

在印尼的文化中，相互「親臉頰」是一種常見的招呼方式。不過，你知道嗎？在印尼，一開始並沒有這種招呼方式，它的出現其實是受到歐美國家的影響。通常這個打招呼方式僅限於關係非常親密的朋友或家人之間，如果是初次見面的朋友，行最簡單的握手禮就可以了！

超實用印尼語單字！

1. **salaman** 握手
2. **salim** 親手背
3. **cium pipi kanan, cium pipi kiri**（親右臉頰、親左臉頰）

縮寫用法 **cipika cipiki**

Latihan 牛刀小試

請在空格上填寫適當的人稱代名詞。

saya kamu dia kami kalian mereka

1. Ivan: Siapa nama __________ ?

   Dewi: Hai! Nama __________ Dewi.

   Ivan: Halo, __________ Ivan.

   Salam kenal.

2. Ivan dan Dewi: __________ orang Indonesia.

3. **Dewi: Siapa __________?**

Ivan: Nama __________ Duong.

4. **Ivan: __________ berasal dari mana?**

Duong: __________ dari Vietnam.

5. **Dewi: Siapa __________?**

Ivan: __________ orang Vietnam.

回顧練習：第一～二課重點內容

請根據以下題目，寫出正確印尼語。

I. Dua orang teman bertemu. 兩位朋友見面。

sampai ketemu	apa kabar	duluan	selamat	baik-baik saja

Ivan: (1) ____________ **sore, Dewi.**

Dewi: **Sore, Ivan.**

Ivan: (2) ____________ **?**

Dewi: (3) ____________ **.**

Dewi 準備離開。

Dewi: **Ivan, aku** (4) ____________ **ya.**

Ivan: **OK,** (5) ____________ **.**

II. **Dua orang karyawan berkenalan.** 兩位上班族認識彼此。

Ibu	berasal	Bapak	saya	dari	nama

Ibu Lisa
Siang, Pak. Siapa nama (1) ____________**?**

Bapak Toni
Nama (2) ____________ **Toni, Bu. Kalau** (3) ____________**?**

Ibu Lisa
Kenalkan, (4) ____________ **saya Lisa, Pak.**

Bapak Toni
Bu Lisa (5) ____________ **dari mana?**

Ibu Lisa
Saya (6) ____________ **Surabaya.**

Pelajaran

03 Bertamu 拜訪

學習重點

❶ 不好意思、請、謝謝、不客氣的說法。

❷ 時間副詞：已經 **(sudah)**、還沒 **(belum)**、正在 **(sedang)**。

❸ 日常活動，例如：逛街、運動、辦公。

Kosakata 重點單字

03-1

❶	**permisi**	不好意思	❼	**sedang**	正在～
❷	**silakan**	請～	❽	**sudah**	已經
❸	**masuk**	進入	❾	**belum**	還沒
❹	**duduk**	坐下	❿	**masak**	煮飯
❺	**terima kasih**	謝謝	⓫	**makan**	吃
❻	**sama-sama**	不客氣、一起	⓬	**ayo**	來吧！

Percakapan 會話

03-2

Yuni bertamu ke rumah Pei Lin.
Yuni 去培琳家做客。

Yuni
Permisi.
不好意思。

Pei Lin
Hai, Yuni! Silakan masuk.
嗨，Yuni！ 請進。

Yuni masuk ke rumah Pei Lin.
Yuni 進去培琳家。

Pei Lin
Silakan duduk.
請坐。

Yuni
Terima kasih.
謝謝。

Pei Lin
Sama-sama.
不客氣。

Yuni
Kamu sedang apa?
你正在做什麼？

Pei Lin
Saya sedang masak. Kamu sudah makan belum?
我正在煮飯。你已經吃飽了嗎？

Yuni
Saya belum makan.
我還沒吃（飯）。

Pei Lin
Ayo, makan sama-sama!
一起來吃飯吧！

Permisi dan Silakan 禮貌用詞

Permisi 不好意思

在「打擾別人」或「詢問事情」的情況之下，都會使用 **permisi** 作為開頭。

例

詢問事情

Permisi, saya mau tanya... 不好意思，請問~

感到抱歉失禮

Permisi, saya jalan dulu. 不好意思，我先告辭。

借過

Permisi, saya mau lewat. 不好意思，借過。

到別人家作客

Permisi, ada orang di rumah? 有人在家嗎？

Silakan 請

Silakan 是印尼語當中「客氣的命令詞」，可以被用來「恭請他人」或「邀請對方進行某個行為」。

Silakan + 動詞 請~

例

拿食物請某人吃

Silakan makan. 請享用。

拿飲料請某人喝

Silakan minum. 請喝茶。

Sudah Makan Belum? 你吃飽了嗎？

Sudah makan belum? 除了可以用在詢問對方「已經吃過飯了嗎？」，還可以用來表達「關心」或者「問候」。

Sudah makan belum?

答

Sudah. / Sudah makan. 已經吃過飯了！

Belum. / Belum makan. 還沒吃飯。

Ayo Latihan! 試試看，開口練習一下！

請根據以下題目，回答適當的印尼語：**sudah**、**belum**。

makan	+	pagi	早餐
		siang	午餐
		malam	晚餐

A: Kamu sudah makan pagi belum?

B: Saya ____________ makan pagi.

A: Kamu sudah makan siang belum?

B: Saya ____________ makan siang.

A: Kamu sudah makan malam belum?

B: Saya ____________ makan malam.

Kegiatan Sehari-hari 日常活動

03-3

menonton tv 看電視

menonton 看 (= 英文的 watch)

補充

menonton fllm 看電影

menonton video 看影片

mendengarkan musik 聽音樂

mendengarkan 聽

bermain internet 上網

bermain 玩 (= 英文的 play)

補充

bekerja 辦公／工作

membaca buku 看書

membaca 閱讀 (= 英文的 read)

補充

belajar 學習／讀書

tidur 睡覺

mandi 洗澡

berjalan-jalan 逛一逛

jalan 走路

補充

berbelanja 購物

berolahraga 運動

前綴詞 Me- 和 Ber-

me-

ber- + 動詞

印尼語中的 **me-** 和 **ber-** 是兩個常見的詞綴，用來表示「正在進行的動作」。在口語中有些動詞是可以單獨被使用，例如：**nonton**、**dengar**、**kerja**、**main**、**baca**、**jalan-jalan**、**belanja**、**olahraga**。

Tata Bahasa 重點文法

1. Sudah 已經、Belum 還沒

Sudah + 動詞 + belum？ ➡ 做～了嗎？

答
sudah + 動詞 ➡ 已經做了～
belum + 動詞 ➡ 還沒做～

例

Yuni: **Adik sudah tidur belum?**
弟弟睡了嗎？

Ibu: **Dia sudah tidur. Kamu sudah mandi belum?**
他已經睡了。你已經洗澡了嗎？

Yuni: **Aku belum mandi.**
我還沒洗澡。

Dewi: **Pak Toni sudah menikah belum?**
Toni 先生已經結婚了嗎？

Ivan: **Sudah, dia sudah menikah.**
他已經結婚了。

Dewi: **Kalau Bu Lisa?**
那 Lisa 小姐呢？

Ivan: **Bu Lisa belum punya pacar.**
Lisa 小姐還沒有男朋友。

補充　在印尼語中，**pacar** 這個單字的意思是「情侶」，泛指「男朋友」或「女朋友」。

Sudah + 形容詞 + belum ? ➡ 已經～了嗎？

答

sudah + 形容詞 ➡ 已經～

belum + 形容詞 ➡ 還沒～

例

Joni: **Sudah** lapar **belum**?
已經肚子餓了嗎？

Aldo: Aku **sudah** lapar.
我肚子餓了。

Yuni: Bu, jawaban ini **sudah** benar **belum**?
老師，這個答案已經正確了嗎？

Ibu Sri: **Belum** benar
還沒答對。

2. Sedang 正在

用來表達「正在做某件事」。

Sedang apa? ➡ 正在做什麼？

答

sedang + 動詞 ➡ 正在做～

例

Saya **sedang** bekerja.
我正在辦公。

Jangan ganggu, dia **sedang** belajar.
別打擾他，他正在讀書。

Tunggu sebentar, dia **sedang** ke luar.
請稍等，他現在外出。

Ayo Latihan! 試試看，開口練習一下！

請根據以下題目，回答適當的印尼語。

A: Kamu sedang apa?

B: Saya sedang ______________________________.

A: Dia sedang apa?

B: Dia sedang ______________________________.

A: Mereka sedang apa?

B: Mereka sedang ______________________________.

我還可以這樣說

1. Terima kasih 的簡短

在日常對話中，一些比較冗長的詞彙常常會被人們簡化，像是 **terima kasih** 可以簡化成 **makasih**。

2.「正在做什麼」的問答

標準	**Sedang apa?**	正在做什麼？
日常	**Lagi ngapain?**	在幹嘛呢？

答

標準	**Sedang ＋ 動詞**	正在～
日常	**Lagi ＋ 動詞**	

Ayo Simak dan Ikuti! 讓我們聽一聽，並開口練習！ 03-4

Yuni menelepon Aldo.
Yuni 打電話給 Aldo。

Yuni: **Do, lagi ngapain?**
Do，在幹嘛呢？

Aldo: **Lagi main game.**
正在打電動。

Aldo: **Kamu lagi ngapain?**
你在幹嘛？

Yuni: **Aku lagi belajar.**
我正在讀書。

小筆記

Sama-sama 的常見用法

1. 不客氣

當有人向你表示感謝時。

例

Aldo **Terima kasih.**
謝謝。

Joni **Sama-sama.**
不客氣。

2. 一起、互相

用在想要邀請某人一起做某件事情。

例

Ayo, pergi sama-sama!
一起去吧！

3. 一樣、相同

用來表達兩個或多個事物「一樣」的情況。

例

Mereka sama-sama belum makan.
他們都還沒吃飯。

Budaya Indonesia 印尼文化

印尼用餐文化

Makan Pakai Tangan 用手吃飯

為什麼印尼人會用手吃飯呢？因為多數的印尼人相信用手吃飯，食物會更加美味，用手吃飯也是印尼人長久以來的習慣。認真想一下，其實用手拿食物這件事情對臺灣人來說並不陌生，因為像是潤餅、饅頭、包子、車輪餅這些食物，我們也會習慣用手拿著吃！

用手吃東西對印尼人來說早已司空見慣了！不過，在餐桌上仍然會擺放湯匙和叉子作為輔助的餐具。餐具拿的方法會是右手拿湯匙，左手拿叉子。

照片提供： **Oscar Wu**

Air Kobokan 印尼傳統的洗手方式

手指碗照片提供：**Tania Kartika**

Kobokan 在字面上的意思是「手指碗」，它是一個裡面裝有清水的小碗。在印尼，人們習慣用手拿取食物，所以會在開始吃飯之前，將手指浸入碗中清潔，吃完後，會再次將手指浸入碗中清除異味。下次看到它的出現，別把它誤認成飲用水！在 **COVID-19** 疫情之後，為了避免交叉感染，許多人轉而使用洗手槽，這也讓「手指碗」在傳統小吃攤變得越來越少見了。

超實用印尼語單字！

1. **makan pakai tangan** 用手吃飯
2. **sendok** 湯匙
3. **garpu** 叉子
4. **air kobokan** 手指碗

Latihan 牛刀小試

請在空格填上正確答案。

I. **Ibu Lisa datang ke kantor Bapak Toni.**

Ibu Lisa 到 **Bapak Toni** 的辦公室。

silakan	belum	permisi	sama-sama	sudah	kasih

Ibu Lisa

(1) ______________, **Pak!**

Bapak Toni

(2) ______________ **masuk, Bu!**

Ibu Lisa

Terima (3) ______________.

Bapak Toni

(4) ______________.

Ibu Lisa

Bapak sudah makan siang (5) ______________?

Bapak Toni

(6) ______________, **Bu.**

II. Dewi mengirim pesan ke Ivan.

Dewi 私訊 Ivan。

sudah belum sedang makan masak

20:36
Dewi
Hai, Ivan!
Hai, Dewi!
Ivan
Dewi
Kamu (1)________ apa?
Ivan
Saya sedang (2)________ malam.
Kamu (3)_______ makan belum?
Dewi
(4)___________
Saya sedang (5)__________.

Pelajaran

04 Apa Ini? 這是什麼？

學習重點

❶ 指示代名詞：這 (ini)、那 (itu)。

❷ 肯定語與否定語 (ya、adalah、bukan)。

❸ 印尼語句型當中的詞彙排列順序。

Kosakata 重點單字

04-1

1	apa	什麼	6	tradisional	傳統的
2	ini	這、這個	7	siapa	誰
3	itu	那、那個	8	teman	朋友
4	adalah	是～	9	iya	是的
5	makanan	食物	10	bukan	不是

Percakapan 會話

04-2

Yuni mengundang beberapa teman makan bersama di rumahnya.

Yuni 邀請一些朋友到家裡聚餐。

I.

Pei Lin
Apa ini ?
這是什麼？

Yuni
Ini rendang.
這是仁當。

Pei Lin
Apa itu rendang?
仁當是什麼？

Yuni
Rendang adalah makanan tradisional Indonesia.
仁當是印尼傳統料理。

II.

Joni
Siapa itu?
那是誰？

Yuni
Itu Pei Lin, temanku.
那是我的朋友，培琳。

Joni
Dia orang Indonesia bukan?
她是印尼人嗎？

Yuni
Bukan. Dia orang Taiwan.
不是。她是台灣人。

Joni
Dia dari Taipei?
她來自臺北嗎？

Yuni
Iya. Dia dari Taipei.
是的。 她來自臺北。

Ayo Latihan! 試試看，開口練習一下！

請根據以下題目，回答適當的印尼語。

tas

buku

laptop

uang

pen

sepatu

rumah

mobil

A: Apa ini?

B: Ini ___________.

A: Apa itu?

B: Itu ___________.

Jason Erik Naoko Jisoo Eka

A: Siapa ini?

B: Ini ___________.

A: Siapa itu?

B: Itu ___________.

Tata Bahasa 重點文法

1. 指示代名詞 Ini、Itu

Ini ➥ 這，指距離較近的人事物。

Itu ➥ 那，指距離較遠的人事物。

名詞 + ini / itu ➥ 用來指特定的人或事物。

baju ini 這件衣服	**rumah itu** 那間房子
orang ini 這位	**anjing itu** 那隻狗
perempuan ini 這位女生	**laki-laki itu** 那位男生

例

Baju ini bagus.
這件衣服很好看。

Orang ini ibu saya.
這位是我的媽媽。

Anjing itu lucu.
那隻狗很可愛。

Laki-laki itu pacarnya.
那位男生是她的男朋友。

時間副詞 + ini / itu ➥ 用來說明事情發生的時間點。

hari ini 今天	waktu itu 那時候
malam ini 今天晚上	siang itu 那天下午
tahun ini 今年	bulan itu 那個月

例

Tahun ini tahun 2024. 今年是 2024 年。

Siang itu sangat panas. 那天中午很熱。

2. 肯定語 Iya、Adalah ；否定語 Bukan

Adalah 是~

在完整的句子中，指示代名詞 **ini** 或 **itu** 後面會連接 **adalah**，具有「是…」的意思，在對話中 **adalah** 可以被省略！

Ini / Itu + adalah + ～
Ini / Itu + ～
➥ 這是～、那是～

例

Ini adalah HP saya. 這是我的手機。	=	Ini HP saya. 這（是）我的手機。
Itu adalah tas kamu. 那是你的包包。	=	Itu tas kamu. 那（是）你的包包。

Iya 對、是的

Iya / ya 是用來表達「肯定」的肯定語。

例

Yuni: **Ini uangmu bukan?**
這（是）你的錢嗎？

Joni: **Iya, ini (adalah) uangku.**
是的，這（是）我的錢。

Bukan 不是、不對

Bukan 是用來表達「否定」的否定語，通常用於連接名詞和代名詞。

例

Aldo: **Itu buku kamu bukan?**
那（是）你的書本嗎？

Pei Lin: **Bukan. Itu bukan buku saya.**
不是。那不是我的書本。

Ayo Simak dan Ikuti! 讓我們聽一聽，並開口練習！ 04-3

一起來學習更多肯定句和否定句的使用方式吧！

肯定	否定
Ini adalah rendang. 這是仁當燉牛肉。	Ini bukan rendang. 這不是仁當燉牛肉。
Itu adalah Pei Lin. 那是培琳。	Itu bukan Pei Lin. 那不是培琳。
Ini adalah uang saya. 這是我的錢。	Ini bukan uang saya. 這不是我的錢。
Itu mobil kamu. 那（是）你的車子。	Itu bukan mobil kamu. 那不是你的車子。
Dia temanku. 他（是）我的朋友。	Dia bukan temanku. 他不是我的朋友。
Mereka orang Indonesia. 他們（是）印尼人。	Mereka bukan orang Indonesia. 他們不是印尼人。

小提醒

印尼語的語序

對於華語使用者來說，學習印尼語的過程中，難免會把句子裡的詞彙排列次序弄顛倒。因此熟練詞彙的順序，並多加練習，能夠提高對話的流暢。

例

Ini adalah komputer.　這是電腦。
這　是～　電腦

Komputer ini　這台電腦
電腦　這

Komputer ini adalah komputer saya.
電腦　這　是～　電腦　我
這台電腦是我的電腦。

Saya adalah guru.　我是老師。
我　是～　老師

Dia adalah guru saya.　他是我的老師。
他　是～　老師　我

Bapak itu　那位先生
先生　那位

Bapak itu adalah guru saya.　那位先生是我的老師。
先生　那位　是～　老師　我

小筆記

後綴詞 -an

動詞 + -an = 名詞

學習印尼語的過程，瞭解「動詞名詞化」的文法規則是非常重要的。當一個動詞加上後綴詞 **-an** ，就會變成與原始動詞相關的名詞。

例

動詞	名詞
makan 吃	**makanan** 食物
minum 喝	**minuman** 飲料
masak 煮	**masakan** 料理

Budaya Indonesia 印尼文化

在印尼不能錯過的 5 道傳統料理與小吃

Soto Ayam 印尼索多雞湯

Soto ayam 是印尼的傳統湯品，每個地區的 **soto** 都有它獨特的風味和製作方法，從路邊攤販到高級餐廳隨處可見，深受印尼人的喜愛。索多雞湯主要是用雞肉、薑黃、紅蔥頭等辛香料，熬製而成的金黃色湯頭。吃法很簡單，可以依照個人喜好放入高麗菜絲、雞肉絲、水煮蛋、豆芽菜等各種配料，還可以擠一些檸檬汁，賦予湯頭一些酸味。印尼人吃 **soto ayam** 還會搭配辣椒醬、炸餅，還有白飯一起吃。

Rendang 仁當燉牛肉

Rendang 是一道起源於米南佳保人 **(Minangkabau)** 的菜餚，字面上的意思是「把椰奶慢慢煮到收汁」，是正式場合或迎接貴賓時會出現的菜餚。主要的食材有椰奶、紅辣椒、紅蔥頭等近十種香料，和牛肉。 做這道菜需要耗費很長的時間把醬汁燉煮到收乾、牛肉變成入口即化的程度。道地的吃法是，把燉牛肉放在白飯上，搭配水煮的木薯葉，用手抓著一起吃。

Sate 沙嗲肉串

Sate 是一種用醃漬肉塊做成的烤肉串。在印尼的沙嗲種類繁多，每個地方都有獨門的醃製沙嗲的配方。最普遍的吃法是蘸花生醬或甜醬油，然後搭配番茄片、小黃瓜片，還有香蕉葉包裹的米糕 **(lontong)** 一起吃。

在日惹著名的 **Malioboro** 大街上，隨處可見的賣沙嗲小攤位，只要一張凳子、一個烤肉架，和一支竹編扇子，便能在路邊賣起 **sate**。

在印尼的沙爹種類繁多，**sate klathak** 是日惹最具代表性的羊肉沙嗲。

Nasi Goreng 印尼炒飯

印尼語的炒飯叫做**nasi goreng**，**nasi**是指「米飯」，**goreng**是「炒」的意思。印尼炒飯的米粒呈現褐色、吃起來比較甜的原因，就是因 使用了甜醬油 **(kecap manis)** 來炒飯。吃炒飯一定要配上一顆煎蛋、小黃瓜片、番茄片，還有蝦餅、辣椒醬，這樣才算完整！無論是早餐、午餐，還是宵夜，印尼人都喜歡用這道簡單又美味的炒飯填飽肚子，可說是最受歡迎的一道平民小吃。

Gado-Gado 什錦沙拉

Gado-gado 字面上的意思是「很多東西混合在一起的食物」。**Gado-gado** 最經典的組合包括炸黃豆餅 **(tempe)**、炸豆腐、雞蛋、蔬菜、豆芽菜，再淋上特製的花生醬。**Gado-gado** 可以像沙拉一樣直接食用，也可以搭配用香蕉葉包裹的米糕 **(lontong)**、炸餅 **(kerupuk)** 一起享用。這道料理不僅深受當地人的喜愛，也受到外國遊客的歡迎。

Latihan 牛刀小試

I. 請在空格填上正確答案。

ini	itu	Apa ini?	Siapa itu?	bukan
iya	makan	minum	makanan	minuman

1. ________________ 那個

2. ________________ 是的、對

3. ________________ 不是

4. ________________ 這個

5. ________________ 喝

6. ________________ 飲料

7. ________________ 這是什麼？

8. ________________ 食物

9. ________________ 吃

10. ________________ 那是誰？

II. 請寫出下列句子的印尼語。

1. 這是包包。 ______________________________

2. 那是手機。 ______________________________

3. 這是我的錢。 ______________________________

4. 那是你的飲料。 ______________________________

5. 這個房子是我的房子。 ______________________________

6. 這支筆不是你的筆。 ______________________________

7. 那本書是他的書。 ______________________________

8. 那個人不是我們的朋友。 ______________________________

9. 她是我的媽媽。 ______________________________

10. 他們不是日本人。 ______________________________

Pelajaran

05 Kesukaan 最喜歡的

學習重點

❶ 表達想要 **(mau)**、不要 **(tidak mau)**。

❷ 表達「喜好程度」。

❸ 連接詞 **(dan**、**atau)**。

❹ 飲品和水果的印尼語。

❺ 否定語 **(tidak**、**bukan)** 的用法。

Kosakata 重點單字

05-1

1	**mau**	要	6	**suka**	喜歡
2	**atau**	或者	7	**tidak**	不
3	**minum**	喝	8	**sangat**	非常
4	**minuman**	飲料	9	**buah**	水果
5	**kesukaan**	最喜歡的	10	**dan**	和

Percakapan 會話

05-2

Pei Lin dan Yuni sedang mengobrol di kafe.

培琳 和 Yuni 在咖啡廳聊天。

I.

Pei Lin

Mau minum apa, Yun?

Yun，（你）要喝什麼？

Yuni

Aku mau minum es teh. Kamu mau minum teh atau kopi?

我要喝冰紅茶。你要喝茶還是咖啡？

Pei Lin

Aku mau kopi saja. Kopi adalah minuman kesukaanku.

我要咖啡就好。咖啡是我最喜歡的飲料。

II.

Yuni

Kamu suka makan durian tidak?

你喜歡吃榴槤嗎？

Pei Lin

Aku tidak suka durian. Kalau kamu?

我不喜歡榴槤。那你呢？

Yuni

Aku sangat suka durian. Kamu suka buah apa?

我真的很喜歡榴槤。你喜歡什麼水果？

Pei Lin

Aku suka buah nanas dan semangka.

我喜歡鳳梨和西瓜。

MINUMAN 飲料名稱

05-3

Teh dan Kopi 茶和咖啡

	teh 茶 	kopi 咖啡 
es 冰的 	es teh 冰紅茶	es kopi 冰咖啡
panas 熱的 	teh panas 熱紅茶	kopi panas 熱咖啡
susu 牛奶 	teh susu 奶茶	kopi susu 咖啡牛奶

Minuman Lainnya 其他飲品

air mineral 礦泉水	jus buah 果汁	bir 啤酒
air putih 白開水	jus jeruk 柳丁汁	

Minuman Khas Indonesia 印尼特色飲料

Teh Botol
茉莉花茶

在超市、餐廳隨處可見的瓶裝茉莉花茶飲。

wedang jahe
薑茶

用新鮮的薑、椰糖等食材做成的一款印尼傳統熱飲。

jamu
印尼草本飲品

印尼流傳千年的草本文化。也是印尼國民保健飲品。

Cap Badak
沙士

一款來自北蘇門答臘 **(Sumatra Utara)** 的汽水。

bir pletok
巴達維（**Betawi**）傳統飲料

一款源自巴達維族的傳統飲料。主要成分是薑及茴香等多種辛香料。通常只能在雅加達的特定餐廳或咖啡廳中找到。

jus alpukat
酪梨牛奶

在印尼非常受歡迎。不管是在果汁攤、餐廳還是咖啡廳的菜單上都可以找到。

es cendol
珍多冰

印尼傳統冰品。最基本的配料是在刨冰上加入用斑斕葉做成的粉條，再淋椰漿。

teh poci
茉莉花茶

一款流行於爪哇地區的茉莉花茶。

jus markisa
百香果汁

在印尼的傳統市場可以找到現榨的百香果汁。

BUAH 水果名稱

05-4

pisang 香蕉		**jeruk** 柳丁	
mangga 芒果		**apel** 蘋果	
jambu air 蓮霧		**jambu biji** 芭樂	
anggur 葡萄		**semangka** 西瓜	
pepaya 木瓜		**nanas** 鳳梨	

Ayo Latihan! 試試看，開口練習一下！

請根據以下題目，回答適當的印尼語。

A: Mau minum apa?

B: Aku mau minum ______________________.

A: Kamu suka buah apa?

B: Aku suka buah ______________________.

Tingkat Kesukaan 喜愛程度

05-5

paling suka	sangat suka	suka	kurang suka	tidak suka
最喜歡	很喜歡	喜歡	不太喜歡	不喜歡

paling + 形容詞 / 動詞　最～

Paling 這個詞彙，它是用來修飾形容詞或動詞的程度，表示「最高級」。

例

Ibu paling suka gado-gado.
媽媽最喜歡什錦沙拉。

Adik sangat suka minum susu.
弟弟很喜歡喝牛奶。

Kakak suka buah jeruk.
姐姐喜歡柳丁。

Saya kurang suka jamu.
我不太喜歡印尼草本飲品。

Bapak tidak suka makan mi.
爸爸不喜歡吃麵。

補充

Adik 通常是用來稱呼年幼的「妹妹」或「弟弟」。
而 **kakak** 則是用來稱呼年長的「姐姐」或「哥哥」。

Tata Bahasa 重點文法

1. Mau 要、Tidak Mau 不要

mau + 動詞／名詞	➡ 要
tidak mau + 動詞／名詞	➡ 不要～

例 Pelayan 服務生

Pelayan: **Mau pesan apa?**
要點什麼？

Pei Lin: **Saya mau pesan nasi uduk dan ayam goreng.**
我要點烏督飯和炸雞。

Pelayan: **Mau pedas tidak?**
要加辣嗎？

Pei Lin: **Tidak mau.**
不要。

註

Nasi uduk 烏督飯

是一種印尼常見的椰漿蒸飯，可以搭配炸雞、炸魚、新鮮辣椒醬一起食用。

例

Permisi, saya mau tanya...	不好意思，我要請問一下…
Permisi, saya mau ke toilet.	不好意思，我要去廁所。
Saya mau beli yang ini.	我要買這個。
Saya tidak mau makan malam.	我不要吃晚餐。

2. Suka 喜歡、Tidak Suka 不喜歡

suka ＋ 動詞／名詞	➡	喜歡～
tidak suka ＋ 動詞／名詞	➡	不喜歡～

例

Pei Lin: **Yun, kamu suka minum apa?**
Yun, 你喜歡喝什麼？

Yuni: **Aku suka es cendol.**
我喜歡珍多冰。
Kamu suka es cendol tidak?
你喜歡珍多冰嗎？

Pei Lin: **Aku tidak suka es cendol.**
我不喜歡珍多冰。

3. Kesukaan 最喜歡的

ke- ＋ 形容詞 / 動詞 ＋ -an ＝ 名詞

動詞	詞綴	名詞
suka 喜歡	ke-an	kesukaan 最喜歡的

例

Aldo: **Apa makanan kesukaan kamu?**
你最喜歡的食物是什麼？

Susan: **Makanan kesukaanku adalah sate ayam.**
我最喜歡的食物是雞肉沙嗲。

4. Dan 和、Atau 或者

Dan、**atau** 兩者都是印尼語當中很常見的連接詞，通常被用來連接兩個單字或句子。

dan ➥ 和

例

aku dan kamu 我和你

Ibu dan Bapak 媽媽和爸爸

tas dan sepatu 包包和鞋子

atau ➥ 或

例

Ini atau itu? 這個或那個？

Kopi atau teh? 咖啡或茶？

Pisang atau apel? 香蕉或蘋果？

Ayo Latihan! 試試看，開口練習一下！

請根據以下題目，回答適當的印尼語，並試著詢問他人。

例

問： Apa makanan kesukaan kamu?

Yuni: Saya suka soto ayam.

問： Apa minuman kesukaan kamu?

Yuni: Saya suka jus jeruk.

問： Apa buah kesukaan kamu?

Yuni: Saya suka jambu air.

No.	Nama	Makanan kesukaan	Minuman kesukaan	Buah kesukaan
例	Yuni	soto ayam	jus jeruk	jambu air
1.				
2.				
3.				
4.				
5.				

我還可以這樣說

1. 否定語 Tidak 05-6

Tidak 是用來表達「否定」的否定語，在口語和非正式場合中，人們傾向於使用 **enggak** 或 **gak** 來代替 **tidak**。

標準 **tidak**
日常 **enggak / gak**
不～

例

Aku gak suka bir. 我不喜歡啤酒。

Aku gak mau makan nasi. 我不想吃飯。

Mau minum kopi gak? 要喝咖啡嗎？

2. 非常、很 05-7

在印尼語中，如果要修飾形容詞或一些動詞的程度，除了使用 **sangat** 外，還可以用 **sekali** 或 **banget**。

sangat suka = suka sekali = suka banget 很喜歡

suka 喜歡

例 Yuni suka sekali membaca buku.
Yuni 很喜歡看書。

Pei Lin suka banget wedang jahe.
培琳很喜歡薑茶。

標準 sangat + 形容詞
日常 形容詞 + sekali / banget
很～

sangat + 形容詞	形容詞 + sekali	形容詞 + banget
sangat bagus	bagus sekali	bagus banget
sangat baik	baik sekali	baik banget

bagus 棒的、好看

例 Idemu sangat bagus.
你的想法非常棒。

Nilainya bagus sekali.
他的分數很棒。

Tas ini bagus banget.
這個包包很好看。

baik　（很）好的

例 **Hubungan mereka sangat baik.**
他們的關係非常好。

Kondisinya baik sekali.
他的狀態很好。

Kamu baik banget.
你人很好。

3. 最喜歡的 05-8

在印尼語中，如果要表達「最喜歡的人」或「最喜歡的事物」，除了可以用 **kesukaan** ，還可以用外來語 **favorit**。

kesukaan = favorit　　最喜歡的～

例 **Nanas adalah buah favorit ibuku.**
鳳梨是我媽媽最喜歡的水果。

Minuman favoritnya es kopi susu.
他最喜歡的飲料是冰咖啡牛奶。

Film favorit saya adalah "Ada Apa dengan Cinta?" .
我最喜歡的電影是 **Ada Apa dengan Cinta?**。

小提醒

Tidak、Bukan 的差異與使用方法

Tidak 和 **bukan** 通常被用來表達「否認」、「反對」或「拒絕某事物」。**Tidak** 和 **bukan** 兩者都有「不是」的意思。特別要注意的是，**tidak** 和 **bukan** 所連接的詞性是不一樣的。

tidak + 動詞／副詞

例 **Saya tidak suka sambal.** 我不喜歡辣椒醬。

Mereka tidak mau olahraga. 他們不要運動。

tidak + 形容詞

例 **Film ini tidak bagus.** 這部電影不好看。

Kopi ini tidak panas. 這杯咖啡不燙。

bukan + 名詞／代名詞

例 **Ini bukan teh. Ini kopi.** 這不是茶。這是咖啡。

Lisa bukan orang Korea. Lisa 不是韓國人。

Dia bukan adik saya. 他不是我的弟弟。

Rumahnya bukan di sana. 他的家不是在那裡。

Budaya Indonesia 印尼文化

5 種印尼特色水果

印尼屬於熱帶國家，盛產了各種風味和口感獨特的水果，到印尼旅遊，推薦走一趟傳統市場或超市親自品嘗這 **5** 種印尼特色水果。

Manggis 山竹

一種生長在熱帶地區的水果。山竹的外皮成熟時呈現紫紅色，果肉是白色的，吃起來的味道又酸又甜。你知道怎麼算出一顆山竹有幾瓣果肉嗎？據說從山竹底部的「花瓣」數就能看出那顆山竹有幾瓣果肉。如果你想吃到較多果肉的山竹，就要挑選花瓣數多於六瓣的果實。

Durian 榴槤

印尼當地的榴槤跟市面上常見的榴槤的風味有些許不同，印尼榴槤的味道是甜中帶點微苦。在印尼菜市場很少看到榴槤出現在一般的水果攤，那是因為它的價錢比較貴。想要吃榴槤可以到專賣店吃，不僅可以吃到不同品種的榴槤，還可以品嘗各種用榴槤做成的甜點或冰品。

Salak 蛇皮果

蛇皮果產於印尼的爪哇島及蘇門答臘島，果實和無花果大小差不多，它的果肉白中帶黃，吃起來口感清脆、甜中帶酸，還有枇杷的味道。

Nangka 菠蘿蜜

一種在印尼隨處可見的水果。它外皮呈現黃綠色、略帶刺，果肉是黃色，跟榴槤一樣會散發出獨特的香味。 它的氣味香甜，咀嚼時口感柔軟又帶有一些 **Q** 勁。果肉不僅可以單吃，還會被用來做成各式料理、甜品。

照片提供 ：**Precilia Wongso**

Matoa 番龍眼

盛產於巴布亞 **(Papua)** 的一種水果。如果夏季到訪印尼，在菜市場可以看到一堆又一堆的 **matoa**。最有趣的是，它的口感吃起來很像龍眼，卻帶有淡淡的榴槤氣味！

Latihan 牛刀小試

I. 請根據以下題目，回答適當的印尼語：sangat suka、suka、kurang suka、tidak suka。

Saya ____________________ air putih.

Saya ____________________ kopi.

Saya ____________________ teh.

Saya ____________________ Coca Cola.

Saya ____________________ susu.

Saya ____________________ nasi goreng.

Saya ____________________ ayam goreng.

Saya ____________________ durian.

Saya ____________________ semangka.

Saya ____________________ jambu air.

Saya ____________________ jambu biji.

Saya ____________________ sambal.

II. 請根據以下題目，回答適當的印尼語：atau、dan。

1. Saya suka olahraga ________ menonton film.

2. Nama orang itu Adi ________ Andi?

3. Kamu suka nasi goreng ________ mi goreng?

4. Pei Lin ________ Yuni mau jalan-jalan ke Bandung.

5. Saya mau pesan sate ________ gado-gado.

6. Mau minum es teh ________ teh panas?

7. Dia tidak suka pepaya ________ pisang.

8. Ini baju kamu ________ dia?

回顧練習：第三～五課重點單字

I. 請根據以下題目，回答適當的印尼語 ： tidak、bukan。

1. Saya ________________ suka minum kopi.

2. Duong ________________ orang Indonesia. Dia orang Vietnam.

3. Ini ________________ rumah Yuni.

4. Dia ________________ mau makan malam.

5. Orang itu ________________ bapak saya.

6. Ini ________________ restoran. Ini hotel.

7. Nama dia ________________ Ivan. Namanya Aldo.

8. Malam ini mereka ________________ mau belajar. Mereka mau jalan-jalan.

II. 請根據以下題目，選出適當的印尼語。

1.

Aldo: ______________

Joni: Silakan masuk.

A. Makasih.
B. Permisi.
C. Maaf.
D. Duluan.

2.

Joni: ______________

Aldo: Belum makan.

A. Suka makan gak?
B. Mau makan gak?
C. Sudah makan belum?
D. Makan bukan?

3.

Joni: ______________

Aldo: Itu buah salak.

A. Apa ini?
B. Apa itu?
C. Siapa ini?
D. Siapa itu?

4.

Joni: ______________

Aldo: Aku mau kopi.

A. Mau teh atau kopi?
B. Mau teh dan kopi?
C. Suka kopi gak?
D. Suka teh atau kopi?

5.

Aldo: Dia orang Jakarta bukan?

Joni: Dia _______ orang Jakarta.
Dia orang Surabaya.

A. adalah
B. belum
C. tidak
D. bukan

Pelajaran

06 Ada Berapa? 有多少？

學習重點

❶ 詢問數量的方法。

❷ 數字讀法。

❸ 單位量詞，例如：～包、～位、～份。

Kosakata 重點單字

06-1

①	**hitung**	數數	⑥	**datang**	來
②	**ada**	有	⑦	**sini**	這裡
③	**berapa**	多少	⑧	**orang**	～位（單位量詞）
④	**buah**	～個（單位量詞）	⑨	**Lagi ngapain?**	在幹嘛？
⑤	**kenapa**	為什麼	⑩	**lagi**	正在～

Percakapan 會話

06-2

Sore hari di rumah Pei Lin

下午在培琳的家

Pei Lin

Satu, dua, tiga…

一、二、三……

Yuni

Pei Lin, kamu lagi ngapain?

培琳，你在幹嘛？

Pei Lin

Aku lagi hitung ada berapa buah kursi.

我正在數有多少張椅子。

Yuni

Oh, kenapa?

為什麼？

Pei Lin

Sore ini teman-temanku mau datang ke sini.

今天下午我的朋友們要來這裡。

Yuni

Ada berapa orang?

有幾位？

Pei Lin

Lima orang.

五位。

ANGKA 數字讀法

0~10 06-3

0	nol / kosong		
1	satu	6	enam
2	dua	7	tujuh
3	tiga	8	delapan
4	empat	9	sembilan
5	lima	10	sepuluh

Ayo Latihan! 試試看，開口練習一下！

1. 試著用印尼語數字 0 ～ 9 說出你的手機號碼。

   Nomor telepon saya ______________________.

2. 試著用印尼語詢問朋友的手機號碼，並記錄下來。

   A: Berapa nomor telepon kamu?

   B: Nomor telepon saya ______________________.

11~19 06-4

數字 + belas

11	sebelas	16	enam belas
12	dua belas	17	tujuh belas
13	tiga belas	18	delapan belas
14	empat belas	19	sembilan belas
15	lima belas		

Se 與 Satu 的關係

Se 是 satu 的縮寫。在印尼語當中如果要表達 10、11、100、1.000、1.000.000 的「一」，我們不用 satu，而是將 se- 連接在 puluh、belas、ratus、ribu、juta 的前面。

10	=	se	+	puluh	=	sepuluh
11	=	se	+	belas	=	sebelas
100	=	se	+	ratus	=	seratus
1.000	=	se	+	ribu	=	seribu
1.000.000	=	se	+	juta	=	sejuta

10~90 06-5

數字 + puluh

10	sepuluh	60	enam puluh
20	dua puluh	70	tujuh puluh
30	tiga puluh	80	delapan puluh
40	empat puluh	90	sembilan puluh
50	lima puluh		

21~99

例

21	=	20 dua puluh	+	1 satu
38	=	30 tiga puluh	+	8 delapan
56	=	50 lima puluh	+	6 enam
74	=	70 tujuh puluh	+	4 empat
99	=	90 sembilan puluh	+	9 sembilan

100 以上的數字 06-6

百	ratus	百萬	juta
千	ribu	億	ratus juta

Ratus 百位

例

105	=	100 seratus	+	5 lima

補充 在中文的概念裡，例 105 讀作「一百零五」、1005 讀作「一千零五」。在印尼語的數字概念，通常不太會把「百」以上數字的 0 讀出來。除非是在特定情境下，例 報出「電話號碼」。

113	=	100 seratus	+	13 tiga belas		
218	=	200 dua ratus	+	18 delapan belas		
490	=	400 empat ratus	+	90 sembilan puluh		
161	=	100 seratus	+	60 enam puluh	+	1 satu
723	=	700 tujuh ratus	+	20 dua puluh	+	3 tiga

Ribu 千位

例

1.300	=	1.000 seribu	+	300 tiga ratus				
2.650	=	2.000 dua ribu	+	600 enam ratus	+	50 lima puluh		
7.123	=	7.000 tujuh ribu	+	100 seratus	+	20 dua puluh	+	3 tiga
10.818	=	10.000 sepuluh ribu	+	800 delapan ratus	+	18 delapan belas		
55.555	=	55.000 lima puluh lima ribu	+	500 lima ratus	+	50 lima puluh	+	5 lima

補充　印尼語中，「千」以上數字的呈現方式跟英文比較相似，會以「三個零」為一組進行分割。

Juta 百萬

例

1.000.000
sejuta

10.000.000
sepuluh juta

3.000.000
tiga juta

15.000.000
lima belas juta

Tata Bahasa 重點文法

單位量詞

數字 + 量詞 + 名詞

1. orang ～位 ➡ 可以作為「人數」的單位量詞。

例

5 **orang guru** 五位老師

10 **orang siswa** 10 位學生

補充 Orang 除了是量詞，也有人的意思。

2. buah ～個／張／支

例

2 **buah meja** 兩張桌子

3 **buah pen** 三支筆

補充 Buah 除了是量詞，也有水果的意思。

3. ekor ～隻／條 ➡ 用於表示動物的數量。

例

1 **ekor ikan / seekor ikan** 一條魚

4 **ekor anjing** 四隻狗

補充 Ekor 除了是量詞，也有尾巴的意思。

4. porsi　~份 ➥ 用於表示餐點的數量。

例

2 porsi sate ayam 兩份沙爹雞肉串
10 porsi gado-gado 十份什錦沙拉

5. potong　~片／塊 ➥ 用於表示可以切割成片狀或薄片的物體。

例

1 potong kue / sepotong kue 一片蛋糕
2 potong daging 兩塊肉

補充 Potong 除了是量詞，也有切、切片的意思。

6. gelas　~杯 ➥ 可以作為「杯子」的單位量詞。

例

1 gelas susu / segelas susu 一杯牛奶
6 gelas jus jeruk 六杯果汁

補充 Gelas 除了是量詞，也有杯子的意思。

7. botol　~瓶 ➥ 可以作為「瓶子」的單位量詞。

例

3 botol air mineral 三瓶礦泉水
12 botol bir 十二瓶啤酒

補充 Botol 除了是量詞，也有瓶子的意思。

8. **bungkus** ～包 ➥ 可以作為「袋裝物品」的單位量詞。

例

1 bungkus nasi / sebungkus nasi 一包飯

8 bungkus mi instan 八包泡麵

補充 Bungkus 除了是量詞，也有包裝的意思。

照片提供 : Angeline Djosef

小筆記

數量「一」的表達方式

1. satu ＋ 量詞

例

satu orang 一位～

satu ekor 一隻～

satu potong 一片／塊～

2. se- ＋ 量詞

例

seorang 一位～

seekor 一隻～

sepotong 一片／塊～

Budaya Indonesia 印尼文化

印尼人拍照前會喊的口令

“**Satu, dua, tiga!**” 是大多數印尼人在準備按下快門鍵時會喊到的口令，目的是為了引起大家的注意。

超實用印尼語單字！

1. **foto** 拍照、照片
2. **kamera** 相機
3. **Boleh tolong fotoin gak?** 可以幫我們拍照嗎？

穆斯林每日必行的五次禮拜

印尼擁有全球最多的穆斯林人口，大約是其總人口的 **86%**。每一天穆斯林都會在不同的時段進行五次禮拜，這不僅是對真主的崇拜和順從，更是一個讓穆斯林反省和提高自我精神的時機。

依時間順序分別是：

1. **Salat Subuh** 晨禮：清晨，大約 **04:30 ~ 05:30**。
2. **Salat Zuhur** 晌禮：中午，大約 **12:00 ~ 15:00**。
3. **Salat Asar** 晡禮：下午，大約 **15:00 ~ 18:00**。
4. **Salat Magrib** 昏禮：黃昏，**18:00 ~ 19:00**。
5. **Salat Isya** 宵禮：晚上，大約 **19:00 ~ 03:30**。

超實用印尼語單字！

1. **salat (sholat)** 做禮拜
2. **musala (mushola)** 祈禱室

Latihan 牛刀小試

I. 請寫出下列單字的印尼語。

1. 11 ____________________
2. 20 ____________________
3. 18 ____________________
4. 52 ____________________
5. 46 ____________________
6. 73 ____________________
7. 85 ____________________
8. 109 ____________________
9. 114 ____________________
10. 231 ____________________
11. 678 ____________________
12. 999 ____________________

II. 請在空格處填上正確答案。

1. 

A: Ada berapa buah apel?

B: Ada ____________________ apel.

2. 

A: Ada berapa orang laki-laki?

B: Ada ____________________ laki-laki.

3. 

A: Ada berapa buah nanas?

B: Ada ____________________ nanas.

4. 

A: Ada berapa botol bir?

B: Ada ____________________ bir.

5. 

A: Ada berapa porsi nasi goreng?

B: Ada ____________________ nasi goreng.

6. 

A: Ada berapa bungkus teh?

B: Ada ____________________ teh.

Pelajaran 07 Ini Berapa? 這個多少錢？

學習重點

❶ 詢問價格。

❷ 議價的方式。

❸ 認識印尼幣紙鈔面額與標示方法。

❹ 助動詞 **(boleh**、**bisa)** 的使用時機。

Kosakata 重點單字

07-1

① **harga**	價格	⑥ **saja**	就是、只有、只是
② **sekilo** (satu kilogram)	一公斤	⑦ **boleh**	可以（允許～、被允許）
③ **bisa**	會、能夠	⑧ **harga pas**	定價
④ **kurang**	少的、減	⑨ **uang**	錢
⑤ **sedikit**	一點點	⑩ **ya sudah**	那就這樣吧！

Percakapan 會話

07-2

Yuni berbelanja buah di pasar tradisional.

Yuni 在傳統市場買水果。

Yuni

Mas, ini berapa?

老闆，這個多少錢？

Penjual

Itu harganya Rp 30.000 sekilo.

那個的價格是每公斤三萬印尼盾。

Yuni

Bisa kurang, Mas?

老闆，能夠減一點價嗎？

Penjual

Bisa kurang sedikit.

可以（算）便宜一點。

Yuni

Sekilo Rp 20.000 saja, boleh?

可以算一公斤兩萬印尼盾嗎？

Penjual

Belum bisa. Rp 25.000 sekilo sudah harga pas ya!

沒辦法。 最便宜的價格是一公斤兩萬五千印尼盾。

Yuni

Ya sudah, makasih. Ini uangnya.

好吧，謝謝。這是買水果的錢。

補充

在課文當中提到的 **~ sudah harga pas** 意味著該價錢已經是老闆願意出售該商品的「最低價格」。此外，在印尼的一些商店、服飾批發店等，可以看到 **Harga Pas** 這個標語，意思是「不可議價」或「固定價格」，表明商家不接受殺價。

RUPIAH 認識印尼幣值

07-3

Rupiah 是印尼的法定貨幣，也被稱作「印尼盾 」，通常以 **Rp** 為符號。目前，最小的幣值是 **100**，最大的幣值則是 **100.000**。印尼幣分為紙鈔和硬幣兩種，由印尼銀行 **(Bank Indonesia)** 發行。印尼盾的上面通常印有印尼的國徽金翅鳥 **(Garuda Pancasila)**，此外正面還會印上一些具有代表性的人物肖像，像是前總統蘇卡諾 **(Soekarno)** 或者民族英雄。

Rp 1.000 = Seribu Rupiah

一千印尼盾

Rp 2.000 = Dua ribu Rupiah

兩千印尼盾

Rp 5.000 = Lima ribu Rupiah

五千印尼盾

Rp 10.000 = Sepuluh ribu Rupiah

一萬印尼盾

Rp 20.000 = Dua puluh ribu Rupiah

兩萬印尼盾

Rp 50.000 = Lima puluh ribu Rupiah

五萬印尼盾

Rp 100.000 = Seratus ribu Rupiah

十萬印尼盾

Rp 500.000 = Lima ratus ribu Rupiah

五十萬印尼盾

Rp 1.000.000 = Satu juta Rupiah

一百萬印尼盾

小提醒

印尼語千位以上數字的呈現

- 印尼語中，千位以上數字的呈現方式跟英文比較相似，會以「三個零」為一組進行分割。此外，印尼語中沒有「萬」的概念。在生活中，人們較常使用的數字單位是「千」和「百萬」。
- 在印尼的千位數以上的分隔符號 ➡ 點 (.)

  例

  1.000、20.000、5.000.000
- 小數點的分隔符號 ➡ 逗點 (,)

  例 **koma** 逗號 **setengah** 一半

  0,5 = nol koma lima / setengah

  7,5 = tujuh koma lima / tujuh setengah

Ayo Simak dan Ikuti! 讓我們聽一聽，並開口練習！

07-4

Ini berapa? 這個多少錢？

面額	面額數字讀法
Rp 6.000	enam ribu Rupiah 六 千
Rp 15.000	lima belas ribu Rupiah 十五 千
Rp 80.000	delapan puluh ribu Rupiah 八十 千
Rp 300.000	tiga ratus ribu Rupiah 三百 千
Rp 450.000	empat ratus lima puluh ribu Rupiah 四百五十 千
Rp 2.000.000	dua juta Rupiah 兩 百萬
Rp 7.500.000	tujuh juta lima ratus ribu Rupiah 七 百萬 五百 千
Rp 15.000.000	lima belas juta Rupiah 十五 百萬
Rp 20.000.000	dua puluh juta Rupiah 二十 百萬

Tata Bahasa 重點文法

1. Boleh 允許

通常 **boleh** 會被用於表達「允許」或「同意」某件事情。

boleh + 動詞	➡	允許（做）～、被允許～
tidak boleh + 動詞	➡	不允許（做）～、不被允許～

例

Joni
Permisi, Pak. Boleh masuk?
不好意思，可以進去嗎？

Bapak Toni
Boleh, silakan masuk.
可以，請進。

Aldo
Kami boleh duduk di sini?
我們可以坐在這裡嗎？

Bapak Toni
Ya, kalian boleh duduk di sini.
嗯，你們可以坐在這裡。

Joni
Boleh makan di sini, Pak?
可以在這裡吃飯嗎？

Bapak Toni
Maaf, tidak boleh makan dan minum di sini.
不好意思，在這裡不允許飲食。

2. Bisa 會

通常 **bisa** 會用來表示「某人具有某種能力」或「有可能執行某件事」。

bisa + 動詞	會～、能夠～
tidak bisa + 動詞	不會～、不能～

例

Joni: **Kalian bisa datang ke rumahku?**
你們能夠來我家嗎？

Aldo: **Bisa, aku bisa jalan kaki ke sana.**
能夠，我能夠走路去那裡。

Yuni: **Maaf, Jon. Malam ini aku gak bisa ke sana.**
抱歉，今晚我不能去那裡。

Pei Lin: **Kalian bisa bahasa Jawa?**
你們會說爪哇語嗎？

Yuni: **Aku bisa bahasa Jawa.**
我會說爪哇語。

Susan: **Aku gak bisa bahasa Jawa.**
我不會說爪哇語。

補充 **Gak** 是 **tidak** 的日常用語。

例

Halo, bisa bicara dengan Pak Dedi?
你好，能夠跟 **Dedi** 先生通話嗎？

Ada yang bisa saya bantu?
有什麼（是）我能夠幫忙的嗎？

3. Boleh 和 Bisa 的使用與差異

在印尼語中，**boleh** 和 **bisa** 都有「可以」的意思，在日常口語中，人們可以根據當下情境選擇其中一個詞彙來使用。

例

Boleh kurang? = **Bisa kurang?**
可以減（價）嗎？

答 **Boleh.** = **Bisa.**
可以（減價）。

除了上述的內容之外，**boleh** 也會被用來表達「某件事情是被允許的」，**bisa** 則是用來表達「某件事情是能夠做的」。

boleh 允許～	**bisa** 會～、能夠～

例

Dewi bisa bermain gitar.
Dewi 會彈吉他。

Dewi tidak boleh bermain gitar di malam hari.
(karena bisa mengganggu tetangga)
Dewi 晚上不能彈吉他。
（因為會打擾鄰居）

Adik bisa berenang.
弟弟會游泳。

Adik tidak boleh berenang karena sakit.
弟弟不能游泳，因為他生病了！

我還可以這樣說

如果到印尼旅遊，免不了一些購物的行程，學會這些句子，幫助你在旅遊期間能夠融入當地人的日常，輕鬆開口詢問價錢和議價！

詢價和議價的用語 07-5

情境	可以這樣問 ...	我還可以這樣問 ...
詢問價格是多少	**Ini berapa?** 這個多少錢？	**Berapa harganya?** 價錢多少？ **Harganya berapa?** 它的價格多少？ **Ini berapa harganya?** 這個價格多少？ **Ini berapa duit?** 這是多少錢？
想要殺價	**Bisa kurang?** 可以減一點嗎？	**Boleh tawar?** 可以議價嗎？ **Boleh kurang sedikit?** 可以減一點嗎？ **Kurangin ya?** 便宜一點，好嗎？ **Bisa lebih murah lagi?** 還能再便宜一點嗎？

小筆記

Sedikit 的使用方法

Sedikit 意思是「一些」或「一點」。
通常用來描述物品的數量很少或某種情況（很）輕微。

例

Yuni: **Kamu bisa makan pedas?**
你能吃辣嗎？

Pei Lin: **Sedikit.**
一點點。

Yuni: **Kamu bisa bahasa Indonesia?**
你會印尼語嗎？

Pei Lin: **Bisa sedikit.**
會一點。

Yuni: **Mau coba gado-gado ini?**
想嚐嚐這個印尼沙拉嗎？

Pei Lin: **Sedikit saja ya.**
一些就好。

Yuni: **Mau tambah gula?**
想要加糖嗎？

Pei Lin: **Boleh, sedikit saja.**
可以，一點點就好。

非知道不可的印尼語小常識

07-6

印尼語的基本稱呼

在印尼的一些公眾場所，如餐廳、商店、旅館等，可以使用 **Mas** 或 **Mbak**，作為對服務生或店員的稱呼。近年來在印尼的年輕人開始廣泛使用 **Kak** 來稱呼對方，不再區分性別或年齡。

稱謂用詞	意思
Mas	對男性的稱呼
	哥哥 補充　爪哇人會用 **Mas** 來稱呼年長的男性。
Mbak	對女性的稱呼
	姐姐 補充　爪哇人會用 **Mbak** 來稱呼年長的女性。
Kakak 簡短：**Kak**	對男性和女性通用的稱呼
	哥哥、姐姐
Abang 簡短：**Bang**	對男性的稱呼
	哥哥

Budaya Indonesia 印尼文化

印尼的議價文化

旅行中除了參觀景點和品嚐美食外，購物也是整趟旅程中重要的一部分！在印尼的一些傳統市場、紀念品專賣店或服飾批發商場，通常都可以進行「議價」。在進行議價之前，記得以下幾個方法，就能夠讓你用合理的價錢買到想要的物品，像是貨比三家、詢問產品的材質和狀況，判斷產品值得多少價格，學會一些簡單的購物用語，這樣一來店家會更樂意跟你互動，也有助於成功議價！議價是一種有趣的文化體驗，重要的是保持尊重和理解當地的文化和習慣，才能確保自己和商家都能達成協議。

超實用印尼語單字！

1. **oleh-oleh** 伴手禮
2. **suvenir** 紀念品
3. **batik** 蠟染織品
4. **tawar menawar** 議價、討價還價

Latihan 牛刀小試

I. 請在空格處填上正確答案：印尼幣面額。

1. Rp 3.000 ____________________
2. Rp 17.000 ____________________
3. Rp 25.000 ____________________
4. Rp 60.000 ____________________
5. Rp 150.000 ____________________
6. Rp 800.000 ____________________
7. Rp 9.000.000 ____________________
8. Rp 50.000.000 ____________________

II. 請寫出下列單字的印尼語。

1. 1.100 ______________________

2. 11.000 ______________________

3. 110.000 ______________________

4. 1.100.000 ______________________

5. 11.000.000 ______________________

6. 110.000.000 ______________________

回顧練習：第六、七課重點內容

請根據聽力內容，選出正確的數字。

I. 1-999 數字 07-7

1.	A. 18	B. 19	C. 90	D. 91
2.	A. 18	B. 19	C. 80	D. 90
3.	A. 24	B. 46	C. 62	D. 64
4.	A. 12	B. 20	C. 200	D. 212
5.	A. 100	B. 101	C. 110	D. 111
6.	A. 750	B. 715	C. 755	D. 570
7.	A. 138	B. 381	C. 831	D. 318
8.	A. 500	B. 501	C. 510	D. 511
9.	A. 408	B. 418	C. 480	D. 804
10.	A. 843	B. 943	C. 863	D. 963

II. Rupiah 印尼幣 07-8

1. A. Rp 3.000　　C. Rp 500
   B. Rp 5.000　　D. Rp 300

2. A. Rp 5.100　　C. Rp 1.500
   B. Rp 15.000　　D. Rp 1.300

3. A. Rp 2.000　　C. Rp 20.000
   B. Rp 12.000　　D. Rp 200.000

4. A. Rp 18.000　　C. Rp 80.000
   B. Rp 19.000　　D. Rp 90.000

5. A. Rp 15.000　　C. Rp 51.000
   B. Rp 50.000　　D. Rp 55.000

6. A. Rp 10.000　　C. Rp 111.000
   B. Rp 100.000　　D. Rp 1.000.000

7. A. Rp 57.000　　C. Rp 715.000
   B. Rp 75.000　　D. Rp 750.000

8. A. Rp 4.000.000　　C. Rp 40.000.000
   B. Rp 6.000.000　　D. Rp 60.000.000

9. A. Rp 19.000　　C. Rp 9.000.000
   B. Rp 900.000　　D. Rp 19.000.000

10. A. Rp 600.000　　C. Rp 16.000.000
    B. Rp 6.000.000　　D. Rp 60.000.000

Pelajaran

08 Jam Berapa? 幾點？

學習重點

❶ 時間的表達。

❷ 其他時間相關的說法。

❸「歉意」的表達。

❹「沒關係」的表達。

Kosakata 重點單字

08-1

❶ maaf	對不起	❼ sekarang	現在
❷ terlambat	遲到	❽ Jam berapa?	幾點？
❸ agak	有一點	❾ tunggu	等待
❹ macet	塞車	❿ sebentar	片刻
❺ gak apa-apa (tidak apa-apa)	沒關係	⓫ sholat (salat)	做禮拜
❻ berangkat	出發	⓬ restoran	餐廳

Percakapan 會話

08-2

Pei Lin dan Yuni janjian di mal.

培琳和 Yuni 約在商場。

Pei Lin **Maaf, aku terlambat. Jalanan agak macet.**
對不起，我遲到了。路上有點塞車。

Yuni **Gak apa-apa. Kamu berangkat jam berapa?**
沒關係。 你幾點出發？

Pei Lin **Jam setengah dua belas siang.**
Sekarang jam berapa?
中午 11 點半。現在幾點了？

Yuni **Sekarang sudah jam dua belas siang.**
現在已經中午 12 點。

Pei Lin **Mau makan siang sekarang?**
現在要吃午餐嗎？

Yuni **Tunggu sebentar, aku sholat dulu ya.**
等一下， 我先做禮拜。

Pei Lin **OK, aku tunggu di restoran.**
沒問題，我在餐廳等。

WAKTU 時間

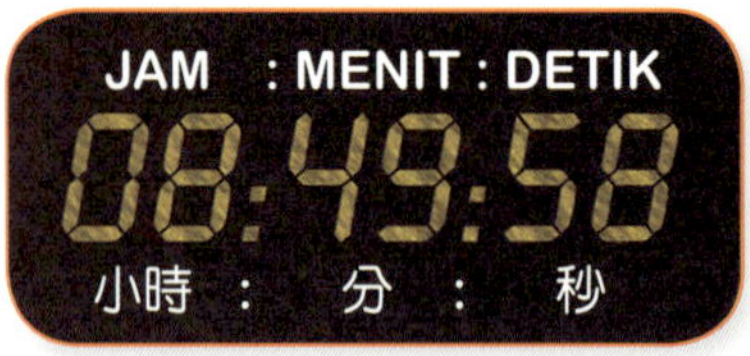

Jam 有三個意思，分別是「時鐘」、「小時」和「～點鐘」，我們這一課主要要討論的是「～點鐘」這個意思。

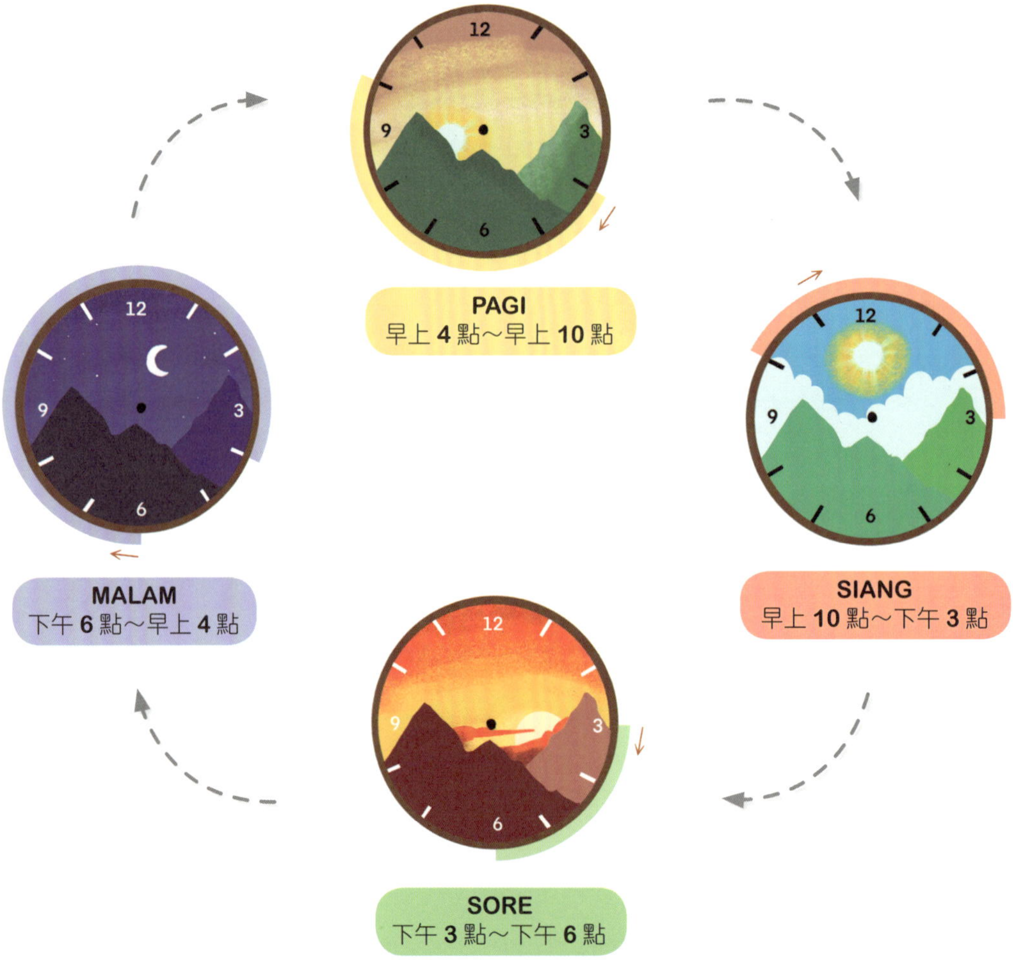

Jam Berapa Sekarang? 現在幾點？

1. 表達「整點鐘」

jam + 數字　～點

jam + 數字 +
- pagi　早上
- siang　中午
- sore　下午
- malam　晚上

例

Jam **tujuh** pagi　早上 7 點

Jam **tujuh** malam　晚上 7 點

Jam **lima** pagi　早上 5 點

Jam **lima** sore　下午 5 點

Jam sebelas siang　中午 11 點

Jam sebelas malam　晚上 11 點

Jam dua siang　中午 2 點

Jam dua malam　晚上 2 點

2. 表達「幾點幾分」

jam + 數字 + 數字 + menit

～點　　～分

例

Jam empat enam belas menit　4 點 16 分

Jam sepuluh tiga puluh delapan menit　10 點 38 分

3. 其他表達「幾點幾分」的方式

Lewat 過了／Lebih 多了

Jam + 數字 + lewat / lebih + 數字 + menit

例

Jam tiga lewat tujuh menit
3 點過了 7 分鐘

Jam tiga lebih tujuh menit
3 點多了 7 分鐘

Jam satu lewat lima puluh menit
1 點過了 50 分鐘

Kurang 減少

如果要表示時間在「**45~59** 分之間」，除了可以使用 **lewat** 或 **lebih** 之外，還可以用 **kurang** 來表達「差幾分鐘」就變成「整點」。

Jam + 數字 +1 + kurang + 60- 數字 + menit

例

Jam dua kurang sepuluh menit
2 點少 10 分鐘

4. 表達「三十分鐘」

Setengah 是「二分之一」的意思，通常會被用來表達「三十分鐘」或「半小時」。

Jam + setengah + 數字 +1

例

Jam setengah + 5+1

➥ **Jam setengah enam**

5 點半（再過半小時就 6 點）

Jam setengah + 12+1

➥ **Jam setengah satu**

12 點半（再過半小時就 1 點）

Ayo Simak dan Ikuti! 讓我們聽一聽，並開口練習！

08-3

Jam berapa? 幾點？

時間	時間讀法
07.00	Jam tujuh pagi
	Jam tujuh malam
07.15	Jam tujuh lima belas menit
	Jam tujuh lewat lima belas menit
07.30	Jam tujuh tiga puluh menit
	Jam setengah delapan
07.45	Jam tujuh lebih empat puluh lima menit
	Jam delapan kurang lima belas menit

註 Jam Buka 營業時間

Ayo Latihan! 試試看，開口練習一下！

1. Jam 04.00
2. Jam 09.08
3. Jam 02.15
4. Jam 06.30
5. Jam 12.21
6. Jam 01.45
7. Jam 10.30
8. Jam 05.55

Tata Bahasa 重點文法

1. Jam Berapa? 幾點幾分？

Jam + berapa? ➡ 幾點幾分？

答 Jam + 數字 ➡ ～點～分

例

Jam 07.00 = Jam tujuh pagi

Jam 18.00 = Jam delapan belas / Jam enam sore

Jam 09.30 = Jam setengah sepuluh

2. Berapa Jam? 幾個小時？

Berapa + **jam?** ➡ 幾個小時？

答 **數字** + **jam** ➡ ～小時

補充 在這裡的 **jam** 是時間的單位，用來表示「小時數」。

例

sejam	=	**satu jam**	**½ jam**	=	**setengah jam**
5 jam	=	**lima jam**	**1,5 jam**	=	**satu setengah jam**

	Jam berapa? 幾點？	Berapa jam? 幾個小時？
問	**Jam berapa kamu tidur?** 你幾點睡覺？	**Berapa jam kamu tidur?** 你睡了幾個小時？
答	**Jam 10 malam** 晚上 10 點	**8 jam** 八小時

3. Berapa Lama? 多久？

Berapa Lama? 這句話通常是用來詢問某件事情持續的時間或發生的時間長度，意思是「有多長時間？」。

Berapa + **lama?** ➡ 多久？

例

30 detik 三十秒	**3 hari** 三天
20 menit 二十分鐘	**12 bulan** 十二個月
8 jam 八小時	**5 tahun** 五年

非知道不可的印尼語小常識

印尼的時區劃分

印尼是由蘇門答臘島 **(Sumatra)**、爪哇島 **(Jawa)**、加里曼丹島 **(Kalimantan)**、蘇拉威西島 **(Sulawesi)** 和巴布亞島 **(Papua)** 這五個島嶼組成，為方便政府管理及提高各領域工作效率，因此政府將全國分成三個時區：

1. **西部時區 (WIB)：格林威治標準時間 +7 小時**

   首都雅加達 **(Jakarta)** 和爪哇島上最古老的城市之一的日惹 **(Yogyakarta)** 都在印尼西部時區，時區比臺灣慢一個小時。

2. **中部時區 (WITA)：格林威治標準時間 +8 小時**

   中部時區和臺灣時區相同，著名渡假勝地峇里 **(Bali)** 就在這一時區內。

3. **東部時區 (WIT)：格林尼治標準時間 +9 小時**

   印尼最東邊的省分巴布亞 **(Papua)** 坐落在東部時區。

我還可以這樣說

1. Pukul 和 Jam 的比較

日常	Jam ～	～點鐘
正式	Pukul ～	

Jam 和 **pukul** 都是用來表示「時間」的單字。

Jam 比較口語的詞彙，通常會出現在日常對話或一些輕鬆的場合。

Pukul 則是較為正式的單字，通常會在重要場合或一些文件裡頭出現，例如：正式文件、新聞、活動海報、電視節目表等。

例

Bapak Toni：**Pukul berapa di sana?**
在那裡幾點？

Aldo：**Pukul 10 pagi.**
早上 **10** 點。

Ibu Sri：**Pukul berapa acara ini?**
這個活動幾點？

Yuni：**Pukul 18.00 WIB.**
西部時區晚上 **6** 點。

TWC
PEMBERITAHUAN
JAM OPERASIONAL TWC BOROBUDUR
TIKET REGULER : 06.30-16.30 WIB
(KUNJUNGAN WISATA SAMPAI DI HALAMAN CANDI)
TIKET NAIK CANDI : 08.00-16.00 WIB

註 **Jam Operasional** 參觀時間

2. 表達歉意、接受別人的道歉

標準 **Maaf.**

日常 **Sori.**

對不起。

補充 Sori 是從 sorry 演變來的外來語，通常會在日常對話中出現。

答

標準 **Tidak apa-apa.**

日常 **Gak apa-apa. / Gak papa.**

沒關係。

補充 Gpp 是 gak apa-apa 的縮寫，會用在日常的聊天或簡訊上。

Ayo Simak dan Ikuti! 讓我們聽一聽，並開口練習！

08-4

terlambat = telat 遲到

標準

Bapak Toni: **Maaf, saya terlambat.**

Ibu Lisa: **Tidak apa-apa, Pak.**

日常

Ivan: **Sori, aku telat.**

Dewi: **Gak papa, Van.**

Budaya Indonesia 印尼文化

難以想像的塞車現象！

塞車早就成為印尼人日常的一環！在雅加達，除了尖峰時段會塞車外，每到週五下午開始，整個市區會呈現一個可怕的塞車現象。住在雅加達的人會盡量避開這些時段，也會提早出門，避免耽誤行程。“**Macet banget!**”的意思是「非常塞車」或「塞車得很嚴重」。雅加達的人們習慣在見面時用“**Macet banget!**”這句話作為寒暄，以示彼此對塞車情況的理解和共鳴。

超實用印尼語單字！

1. **macet** 塞車
2. **basa-basi** 寒暄
3. **Jakarta** 雅加達

Latihan 牛刀小試

I. 請寫出下列單字的印尼語。

Jam berapa sekarang?

1. 11.00 ____________________
2. 16.00 ____________________
3. 04.10 ____________________
4. 08.30 ____________________
5. 10.24 ____________________
6. 01.30 ____________________
7. 06.18 ____________________
8. 09.05 ____________________
9. 02.45 ____________________
10. 12.55 ____________________

II. 請根據聽力內容，選出正確的時間。 08-5

1. **A. 02.35 B. 03.20 C. 03.25 D. 03.52**

2. **A. 08.30 B. 09.30 C. 10.30 D. 11.30**

3. **A. 05.15 B. 05.45 C. 06.15 D. 06.45**

4. **A. 10.10 B. 10.50 C. 09.10 D. 09.50**

5. **A. 02.09 B. 02.19 C. 09.20 D. 19.20**

6. **A. 01.42 B. 02.41 C. 03.45 D. 04.21**

7. **A. 10.30 B. 11.30 C. 12.00 D. 12.30**

8. **A. 10.45 B. 10.55 C. 11.05 D. 11.15**

Pelajaran 09 Tanggal Berapa? 幾月幾日？

學習重點

❶「星期」和「月份」的說法。

❷ 日期的格式和寫法。

❸ 學習詢問「何時」。

❹ 序數 **(ke-)** 的表達方式。

❺「生日祝福」、「年齡」的表達方式。

Kosakata 重點單字

09-1

❶ **hari ini**	今天	❼ **kado**	禮物
❷ **Hari apa?**	星期幾？	❽ **ulang tahun**	生日
❸ **hari**	日、天	❾ **untuk**	給（介系詞）
❹ **Tanggal berapa?**	幾月幾日？	❿ **mama**	媽媽
❺ **tanggal**	日期	⓫ **kapan**	何時
❻ **beli**	買	⓬ **keberapa**	第幾個

Percakapan 會話

09-2

Yuni dan Pei Lin sedang ngobrol di kelas.

Yuni 培琳在教室聊天。

Yuni: **Pei Lin, hari ini hari apa ya?**
培琳今天星期幾？

Pei Lin: **Hari Kamis.**
星期四。

Yuni: **Tanggal berapa?**
幾月幾號？

Pei Lin: **Tanggal 11 September. Kenapa?**
9 月 11 日。怎麼了？

Yuni: **Aduh, aku belum beli kado ulang tahun untuk mamaku.**
哎喲！我還沒買給媽媽的生日禮物。

Pei Lin: **Kapan ulang tahunnya?**
她的生日是什麼時候？

Yuni: **Tanggal 16 September, lima hari lagi.**
9 月 16 日，還有五天。

Pei Lin: **Ini ulang tahunnya yang keberapa?**
這是她的第幾個生日？

Yuni: **Ini ulang tahunnya yang ke-50.**
這是她的（第）50 歲生日。

Nama Hari 星期的說法 09-3

Senin 星期一	Selasa 星期二	Rabu 星期三	Kamis 星期四
Jumat 星期五	Sabtu 星期六	Minggu 星期日	

補充 推薦聽印尼語兒歌“**Nama-Nama Hari**”幫助你快速熟悉星期的說法！

Nama Bulan 月份的說法 09-4

月	Nama Bulan	月	Nama Bulan
1 月	Januari	7 月	Juli
2 月	Februari	8 月	Agustus
3 月	Maret	9 月	September
4 月	April	10 月	Oktober
5 月	Mei	11 月	November
6 月	Juni	12 月	Desember

非知道不可的印尼語小常識

09-5

日期的格式

順序			
星期～，	日 +	月 +	年
Sabtu,	11	Mei	2024
hari	tanggal	bulan	tahun

表達今天是星期～

➥ Hari ini hari Sabtu.

表達今天的日期

➥ Hari ini tanggal 11 Mei 2024.

表達今天的日期和星期

➥ Hari ini hari Sabtu, tanggal 11 Mei 2024.

Ayo Latihan! 試試看，開口練習一下！

請根據以下題目，回答適當的印尼語。

A: Hari ini hari apa?

B: Hari ini hari ____________.

A: Hari ini tanggal berapa?

B: Hari ini tanggal ______________________.

小提醒

印尼產品包裝日期標示方法

在印尼，日期的標示方式通常是按照「日期 - 月份 - 年份」的順序。當消費者購買印尼生產的產品，會發現它的順序與台灣的不一樣，所以熟悉印尼的「日期格式」是非常重要的事情，這不僅適用於了解印尼產品上的有效日期，還包括在書寫正式文件、信件等情況下的應用。

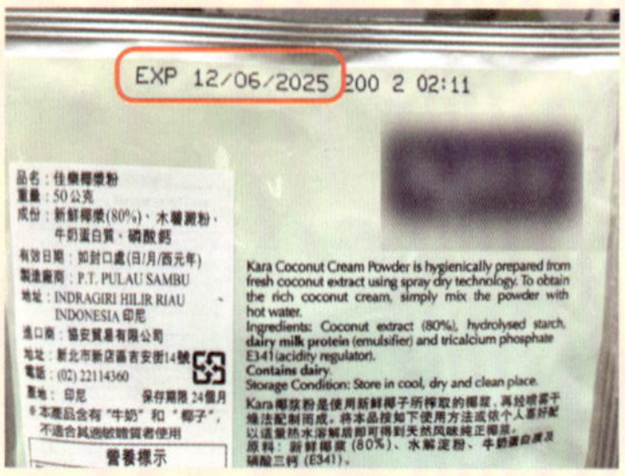

Ulang Tahun 生日

ulang + tahun 生日
重複 年

在印尼語中，**ulang tahun** 是「生日」，通常可以用兩種「縮寫」來表示：

1. **ultah = ulang tahun**
2. **HUT = Hari Ulang Tahun**

祝福生日快樂

在第一課我們曾介紹過「**selamat +** 節日名稱」是「恭喜」的意思，因此祝福生日快樂可以這樣說： **Selamat Ulang Tahun**。

生日日期的詢問方式

通常詢問對方的生日，有兩種常見的表達方式：

1. **Kapan ulang tahun kamu?**
   你的生日在什麼時候？

2. **Tanggal berapa ulang tahun kamu?**
   你的生日幾月幾號？

例

Yuni

Kapan ulang tahunmu?
你的生日是什麼時候？

Pei Lin

Ulang tahunku tanggal 21 Juli.
我的生日是 **7** 月 **21** 日。

Aisyah

Tanggal berapa ulang tahunnya?
他的生日是哪一天？

Budi

Ulang tahunnya tanggal 4 Desember.
他的生日是 **12** 月 **4** 日。

UMUR 年齡

09-6

詢問某人的年齡

Berapa + (umur + 人稱代名詞) ?
或
(Umur + 人稱代名詞) + berapa?
你幾歲？

答 數字 + tahun ～歲

補充 在這裡的 **tahun** 被作為表達年齡的單位，表示「～歲」。

例

Bapak Toni: **Berapa umur kamu, Yun?**
Yun，你幾歲？

Yuni: **21 tahun, Pak. Umur Bapak berapa?**
先生，（我）21 歲。您幾歲？

Bapak Toni: **Umur saya 45 tahun.**
我 45 歲。

Ayo Latihan! 試試看，開口說出正確的印尼語！

請根據以下題目，回答適當的印尼語。

A: Kapan ulang tahunmu?

B: Ulang tahunku tanggal ____________________.

A: Berapa umurmu?

B: Umurku ________ tahun.

小筆記

序數的表達方式

序數的表達方式就是在數字前面加上前綴詞 **ke-**。

ke- ＋ 數字　第～

序數	書寫方式
第二	**kedua / ke-2**
第三	**ketiga / ke-3**
第十	**kesepuluh / ke-10**
第十二	**kedua belas / ke-12**
第五十	**kelima puluh / ke-50**

補充

印尼語當中，要表達「第一」可以用 **kesatu** 和 **pertama** 兩個詞，比起前面兩者，**pertama** 是更常被拿來使用的詞彙。

Tata Bahasa 重點文法

1. Hari 日、天

Hari + apa? → 今天是星期幾？／哪一天？

答

Hari + 星期～ → 星期～

在印尼語中，會用「**hari + apa?**」來詢問「星期幾」，而不是使用「**hari + berapa?**」。

例

Yuni: **Hari ini hari apa?**
今天星期幾？

Joni: **Hari Selasa.**
星期二。

Susan: **Kelas bahasa Inggris hari apa ya?**
哪天有英文課？

Aldo: **Hari Senin dan Jumat.**
星期一和星期五。

Berapa + hari? ➡ 幾天？

答 數字 + hari ➡ ～天

補充 在這裡的 **hari** 被作為時間單位，表示「天數」。

例

Joni: **Yun, kita libur berapa hari?**
Yun，我們有幾天的假？

Yuni: **Hanya sehari (satu hari).**
只有一天。

Aldo: **Kamu pergi ke Yogyakarta berapa hari?**
你要去日惹幾天？

Susan: **Lima hari.**
五天。

	Hari apa? 星期幾？	Berapa hari? 幾天？
問	**Hari apa kamu libur?** 你星期幾休息？	**Berapa hari kamu libur?** 你有幾天的假？
答	**Hari Sabtu dan Minggu** 星期六和星期日	**2 hari** 兩天

2. Bulan 月

Bulan + apa? ➡ 幾月？

答 Bulan + 月份 ➡ ～月

例

Yuni Sekarang **bulan apa**?
現在（是）幾月？

Joni **Bulan Agustus**.
八月。

Bulan + berapa? ➡ 哪一個月？／幾月？

答 Bulan + 月份 ➡ ～月

補充 上述用法通常只在日常對話中出現。

例

Yuni Sekarang **bulan berapa**?
現在（是）幾月？

Joni **Bulan tiga**.
三月。

Berapa + bulan? ➥ （有）幾個月？

答 **數字 + bulan** ➥ ～個月

補充 這裡的 **bulan** 被用來表達「時間長度」。

例

Yuni: **Ibu sudah hamil berapa bulan?**
老師您已經懷孕幾個月了？

Ibu Sri: **Enam bulan.**
6 個月。

Joni: **Kamu sudah tinggal di Jakarta berapa bulan?**
你在雅加達住幾個月了？

Pei Lin: **Delapan bulan.**
8 個月。

	Bulan apa? 幾月？	**Berapa bulan?** 幾個月？
問	**Bulan apa anak itu lahir?** 那個小孩幾月出生？	**Berapa bulan anak itu?** 那個孩子出生幾個月？
答	**Bulan Januari** 一月	**10 bulan** 十個月

3. Tahun 年

Tahun + **berapa?** ➡ 哪一年？

答 **Tahun** + 數字 ➡ ～年

例

Bapak Toni: **Tahun berapa kamu lahir?**
你哪一年出生？

Budi: **Tahun 2007.**
2007 年。

Berapa + **tahun?** ➡ 多少年？

答 數字 + **tahun** ➡ ～年

補充 這裡的 **tahun** 被用來表達「時間長度」。

例

Susan: **Berapa tahun dia tinggal di Taiwan?**
他在台灣住多少年了？

Aldo: **Empat tahun.**
四年。

	Tahun berapa? 哪一年？	Berapa tahun? 幾年？
問	**Tahun berapa dia lulus?** 他哪一年畢業？	**Berapa tahun dia kuliah?** 他讀大學幾年？
答	**Tahun 2020** **2020** 年	**4 tahun** 四年

我還可以這樣說

1. 年分 2000 年以下的唸法

例

1945 年

標準 seribu sembilan ratus empat puluh lima

日常

19 45
1. sembilan belas empat puluh lima

19 4 5
2. sembilan belas empat lima

2. Umur、Usia 年齡

Umur 和 **usia** 都是用來表達「年紀」，使用方法相似。

例

Ibu Lisa: **Berapa usia Budi?**
Budi（是）幾歲？

Bapak Toni: **Usianya 17 tahun.**
他的年齡（是）17 歲。

Dewi: **Usia papamu berapa?**
你的爸爸幾歲？

Ivan: **58 tahun.**
58 歲。

3. Tanggal 的縮寫用法

Tanggal 的縮寫是 **tgl.**。

例

Hari / tgl. 星期／日期

Tgl. lahir 出生日期

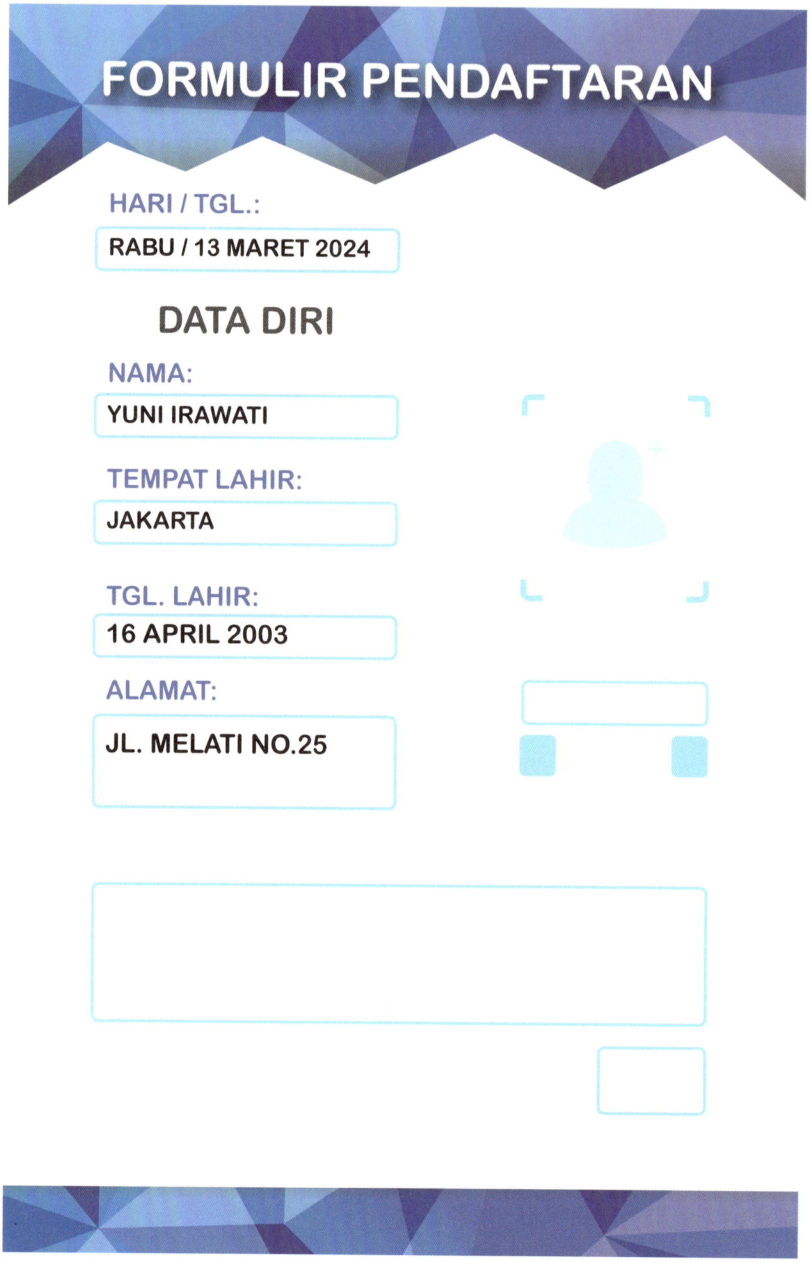

FORMULIR PENDAFTARAN

HARI / TGL.:
RABU / 13 MARET 2024

DATA DIRI

NAMA:
YUNI IRAWATI

TEMPAT LAHIR:
JAKARTA

TGL. LAHIR:
16 APRIL 2003

ALAMAT:
JL. MELATI NO.25

Budaya Indonesia 印尼文化

一起慶祝印尼獨立日

8 月 **17** 日是印尼的國慶日 **(Hari Kemerdekaan)** 這一天被視為印尼歷史上的重要日子，因為在 **1945** 年 **8** 月 **17** 日，印尼前總統蘇加諾 **(Soekarno)** 宣布印尼獨立成為一個自由民主的國家。每年 **8** 月 **17** 日這天在各級學校和政府機構都會舉行升旗典禮，在很多的社區也會舉辦趣味競賽，希望透過一些好玩的競賽，讓人們能夠記住當年先民為了獨立而奮鬥的艱難時光，以及反思前人為獨立而犧牲的價值。

Makan Kerupuk 吃蝦餅比賽

吃蝦餅是獨立日期間最受歡迎的比賽。比賽規則很簡單，參賽者要把雙手放在背後，努力吃完懸掛在繩子上的炸餅，誰先吃完自己繩子上的炸餅，那個人就獲得勝利。

Panjat Pinang 攀爬檳榔樹

攀爬檳榔樹是一種從荷蘭殖民時期流傳至今的傳統競賽。這項競賽是團體賽，隊員之間必須以疊羅漢的方式，攀至杆子頂端，以取得各種獎品，例如腳踏車、電風扇、雨傘、熨斗、電鍋，獎品無奇不有。其實，過程沒有我們想得那麼容易，因為杆子會塗滿各種油， 阻礙攀爬，跟宜蘭的搶孤有異曲同工之妙。

Balap Karung 套麻布袋賽跑

套麻布袋賽跑是獨立日當天的一項熱門競賽。參賽者會把雙腿套在麻袋裡，接著拉著麻布袋用雙腳跳到終點。會有這個比賽，是因為殖民時期人民的生活很艱難，他們只能用麻布袋當作衣服，希望透過遊戲讓人民體會當時的生活是多麼辛苦和不容易。

超實用印尼語單字！

1. **Hari Kemerdekaan Republik Indonesia**
   印度尼西亞共和國獨立紀念日　　縮寫：**HUT RI**
2. **lomba** 比賽、競賽
3. **kerupuk** 炸餅、蝦餅

Latihan 牛刀小試

I. 請在空格內寫上正確的星期順序。

Hari 星期

1.

Okt 2	Okt 3	Okt 4	Okt 5	Okt 6
		Jumat		Minggu

2.

Okt 11	Okt 12	Okt 13	Okt 14	Okt 15
	Sabtu			

3.

Okt 20	Okt 21	Okt 22	Okt 23	Okt 24
	Senin			

4.

Okt 29	Okt 30	Okt 31	Nov 1	Nov 2
Selasa				

II. 請在空格內用寫上正確的月份順序。

Bulan 月份

APRIL

SEPTEMBER

III. 請根據題目，回答正確的印尼語。

Tanggal 日期

1. **Tanggal berapa Hari Natal?**

   ____

2. **Tanggal berapa Tahun Baru?**

   ____

3. **Tanggal berapa Hari Valentine's?**

   ____

4. **Tanggal berapa Hari Ibu tahun ini?**

   ____

5. **Tanggal berapa Hari Kemerdekaan Republik Indonesia?**

   ____

Pelajaran

10 Mau ke Mana? 要去哪裡？

學習重點

❶ 時間副詞。

❷ 介系詞 (ke、di、dari)。

❸ 各式場所的印尼語。

Kosakata 重點單字

10-1

① besok	明天	⑥ boleh	允許
② waktu	時間	⑦ belanja	購物
③ ke mana	去哪裡	⑧ supermarket	超市
④ jalan-jalan	逛街、旅行	⑨ hati-hati	小心
⑤ pasar malam	夜市	⑩ jalan	道路

Percakapan 會話

10-2

Yuni dan Pei Lin sedang ngobrol di depan kampus.

Yuni 和培琳正在校門口聊天。

Pei Lin: **Yun, besok kamu ada waktu?**
Yuni 你明天有空嗎？

Yuni: **Ada. Mau ke mana?**
有。要去哪裡？

Pei Lin: **Jalan-jalan ke pasar malam yuk!**
我們去夜市逛逛吧！

Yuni: **Boleh. Jam berapa?**
可以。幾點？

Pei Lin: **Jam 7 malam. Sekarang kamu mau ke mana?**
晚上 7 點。你現在要去哪裡？

Yuni: **Oh, aku mau belanja ke supermarket.**
喔， 我要去超市買東西。

Pei Lin: **Hati-hati di jalan ya! Sampai ketemu besok!**
路上小心！明天見！

WAKTU 時間副詞

10-3

kemarin lusa	kemarin	hari ini	besok	lusa
前天	昨天	今天	明天	後天

例

Hari	Jumat	Sabtu	Minggu	Senin	Selasa
Tanggal	8 Maret	9 Maret	10 Maret	11 Maret	12 Maret

Hari ini hari Minggu, tanggal 10 Maret.

Kemarin hari Sabtu, tanggal 9 Maret.

Besok hari Senin, tanggal 11 Maret.

Kemarin lusa hari Jumat, tanggal 8 Maret.

Lusa hari Selasa, tanggal 12 Maret.

Hari	Minggu	Bulan	Tahun
hari ini 今天	minggu ini 這週	bulan ini 這個月	tahun ini 今年
kemarin 昨天	minggu lalu 上週	bulan lalu 上個月	tahun lalu 去年
besok 明天	minggu depan 下週	bulan depan 下個月	tahun depan 明年

例

Hari ini tanggal 18 Maret 2023.

➡ **Minggu lalu tanggal 11 Maret 2023.**

➡ **Minggu depan tanggal 25 Maret 2023.**

➡ **Bulan lalu bulan Februari.**

➡ **Bulan depan bulan April.**

➡ **Tahun lalu tahun 2022.**

➡ **Tahun depan tahun 2024.**

Ayo Latihan! 試試看，開口練習一下！

Senin	Selasa	Rabu	Kamis	Jumat	Sabtu	Minggu
1 Juli 2024	2 Juli 2024	3 Juli 2024	4 Juli 2024	5 Juli 2024	6 Juli 2024	7 Juli 2024

Hari ini hari Jumat, tanggal 5 Juli 2024.

Kemarin hari ________________, tanggal ________________.

Kemarin lusa hari ________________, tanggal ________________.

Besok hari ________________, tanggal ________________.

Besok lusa hari ________________, tanggal ________________.

Hari ini tanggal 7 Juli 2024.

Minggu lalu tanggal ____________________________.

Minggu depan tanggal ____________________________.

Bulan lalu bulan ____________________________.

Bulan depan bulan ____________________________.

Tahun lalu tahun ____________________________.

Tahun depan tahun ____________________________.

⚠ 在印尼語中，「週」和「星期日」都使用同 **minggu** 這個單字。當要特指「星期日」時，要將 **minggu** 的第一個字母大寫，並加上 **hari**，即 **hari Minggu**。單純表示「週」或「星期」則使用小寫的 **minggu**，如果出現在句首或標題中，第一個字母應大寫。

Nama Tempat 各式場所

10-4

rumah 房子、家	**rumah makan** 傳統小吃店 makan 食物
	rumah sakit 醫院 sakit 生病
kantor 辦公室	**kantor pos** 郵局 pos 郵政
	kantor polisi 警局 polisi 警察
pasar 市場、菜市場	**pasar tradisional** 傳統市場、菜市場 tradisional 傳統的
	pasar malam 夜市 malam 夜晚
	pasar seni 藝術市場 seni 藝術
	pasar buah 水果市場 buah 水果
	pasar ikan 魚市場 ikan 魚

toko 商店	**toko buku** 書店 buku 書籍
	toko roti 麵包店 roti 麵包
	toko baju 服飾店 baju 衣服
	toko sepatu 鞋店 sepatu 鞋子
	toko mainan 玩具店 mainan 玩具
	toko bunga 花店 bunga 花
	toko olahraga 運動用品店 olahraga 運動

pasar malam

supermarket

lainnya 其他場所	**sekolah** 學校	補充 泛指小學、國中、高中
	kampus 大學校園	**minimarket** 便利商店
	asrama 宿舍	**warung** 雜貨店
	mal 購物中心	**apotek** 藥局
	supermarket 超市	**taman** 公園

補充

Warung 印尼的雜貨店

在印尼的雜貨店裡頭可以看到一個很有趣的景象，就是掛滿一串又一串的洗髮精、洗衣精、即溶咖啡包、辣椒醬等小包裝商品。

Tata Bahasa 重點文法

1. 介系詞 ke

用來表達方向的介系詞，類似於英文的 **to**，表示「從某處到另外一個地方」。

ke + 地點／地方／位置 ➡ 往（方向）、去~

例

Minggu depan saya mau pergi ke Bandung.
下星期我要去萬隆。

Kemarin adik tidak pergi ke sekolah.
昨天弟弟沒有去學校。

補充

ke 通常會和動詞 **pergi** 一起出現在句子中，**ke** 本身是用來指示方向或目的地的「介系詞」，因此可以單獨使用。

ke + mana? ➡ 去哪裡？

答 **ke + 地點** ➡ 去~

例

Aisyah: **Mau ke mana, Bu?**
老師，您要去哪裡？

Ibu Sri: **Mau ke pasar.**
（我）要去菜市場。

Dewi: **Besok mau ke mana, Van?**
Van，明天要去哪裡？

Ivan: **Mau ke kampus.**
明天要去學校（大學）。

Yuni: **Liburan mau jalan-jalan ke mana?**
（你）要去哪裡度假？

Pei Lin: **Mau jalan-jalan ke Bali.**
（我）要去峇厘島。

2. 介系詞 di

用來表達所在地的介系詞，類似於英文的 **in**，表示「在某地方」。

di ＋ 地點／地方／位置 ➡ 在～

例

Hari ini saya di rumah saja.
今天我只待在家裡。

Dia tidak ada di sini.
他沒有在這裡。

di ＋ mana? ➡ 在哪裡？

答

di ＋ 地點 ➡ 在～

例

Ibu Sri
Ibumu di mana?
你媽媽在哪裡？

Budi
Ibu sedang di kantor.
媽媽現在在辦公室（上班）。

Dewi
Kakakmu tinggal di mana?
你的姐姐住在哪裡？

Ivan
Dia tinggal di Surabaya.
她住在泗水。

Yuni
Baju itu beli di mana?
那件衣服在哪裡買的？

Pei Lin
Beli di mal.
在購物中心買的。

3. 介系詞 dari

用來表達起始地點的介系詞，類似於英文的 **from**，表示「從某處開始」或「出發」。

dari + 地點／地方／位置／順序 ➡ 從～

例

Paket ini datang dari Medan.
這個包裹來自棉蘭。

Jalan kaki dari sini ke sana 10 menit.
從這裡步行到那裡 **10** 分鐘。

dari + mana? ➡ 從哪裡？

答

dari + 地點 ➡ 從～

例

Ivan: **Kamu dari mana?**
你去哪裡了？

Dewi: **Aku habis dari toilet.**
我剛從廁所出來。

Pei Lin: **Mahasiswa baru itu berasal dari mana?**
那位新生來自哪裡？

Yuni: **Dia berasal dari Australia.**
他來自澳洲。

非知道不可的印尼語小常識

10-5

語助詞 Ayo、Yuk

印尼語中，用來邀請某人參與活動，或鼓勵某人採取某行動的語助詞，類似英語中的 **let's**。

Ayo + ～ ！
Yuk + ～ ！
來吧／我們去～吧！

例

Ayo, makan siang sama-sama!
我們一起去吃午餐吧！

Ayo, jalan-jalan ke mal!
來吧，去購物中心逛逛吧！

Yuk, belajar sama-sama!
來吧，一起學習！

Yuk, nonton film di bioskop!
來吧，去電影院看電影吧！

Yuk 除了可以放在句首之外，也可以連接在句尾。

～ + yuk！

例

Pergi ke supermarket yuk!
來去超市吧！

Main basket yuk!
來打籃球吧！

Budaya Indonesia 印尼文化

到日惹不能錯過的一條大街

馬力歐伯羅大街 **(Jalan Malioboro)** 是日惹最熱鬧的一條街。這條大街上聚集各式商店，包括餐廳、紀念品店、蠟染服飾專賣店、咖啡廳、酒吧和伴手禮店。沿途還可以觀賞街頭藝人的表演，到了夜晚這條街經常被遊客擠得水洩不通。來到這裡，不僅可以徒步遊覽，也可以選擇搭乘人力三輪車 **(becak)** 穿梭於整個街區。還有一件不能錯過的事情，就是品嚐當地的特色小吃，像是日惹滷味飯 **(nasi gudeg)**、木炭咖啡 **(kopi joss)** 和羊肉沙嗲串 **(sate kambing)** 等等日惹著名小吃。無論你是來逛街、購物紀念品，還是享受美食，都能在這條大街上一次滿足！

景點和體驗推薦

1. Plang Jalan Malioboro 馬力歐伯羅大街路牌

這個寫有 **Jalan Malioboro** 的路標是當地著名的地標之一，通常會看到遊客搶著跟它拍照，證明自己曾經到過這地方。

2. Pasar Beringharjo（Beringharjo 市場）

Beringharjo 市場位在馬力歐伯羅大街的末端，是日惹當地歷史悠久的傳統市場。一進到市場，會先看到許多販賣傳統蠟染服飾、印尼風格紀念品、竹編包包、藝術品和編織產品的攤位，是一個適合觀光客挑選紀念品、體驗議價文化的市場。

3. Tugu Jogja 日惹紀念碑

這座紀念碑不僅是日惹的城市象徵，更是當地居民的精神指標。

照片提供：**Widya Oky Kurniawan Putra**

4. Becak 人力三輪車

Becak 是一種需要依靠人力的交通工具，經常在馬力歐伯羅大街、日惹皇宮，一些著名景點周圍出沒。有許多觀光客會選擇搭乘人力車穿梭在大街小巷，感受日惹的獨特氛圍。最特別的是它的騎乘方式，車夫會坐在後座，而乘客則坐在前面的座位上。

Latihan 牛刀小試

I. 請根據以下題目，回答適當的印尼語：時間副詞。

Hari ini: Rabu, 25 Oktober 2017

1. **Kemarin hari apa?** ____________________
2. **Kemarin tanggal berapa?** ____________________
3. **Besok hari apa?** ____________________
4. **Besok tanggal berapa?** ____________________
5. **Bulan depan bulan apa?** ____________________
6. **Bulan lalu bulan apa?** ____________________
7. **Tahun depan tahun berapa?** ____________________
8. **Tahun lalu tahun berapa?** ____________________

II. 請在空格處填上正確答案：介系詞 ke、di、dari。

1. Sam berasal ________ Amerika.

2. Ibu Pei Lin tinggal ________ Taiwan.

3. Bulan depan kami mau pergi ________ Paris.

4. Ayo, makan malam ________ rumah makan itu!

5. Besok mau jalan-jalan ________ mana?

6. Yuni belanja buah ________ di pasar buah.

7. Mereka berangkat _____ Kaohsiung ________ Tainan.

8. Permisi, toilet ada ________ mana?

9. Jamu adalah minuman tradisional ________ Indonesia.

10. Kemarin Dewi datang ________ rumah Susan.

回顧練習：第八～九課重點內容

I. 請在空格處填上正確答案。

satuan waktu 時間單位

1. **1 jam = ________ menit**

2. **1 menit = ________ detik**

3. **1 jam = ________ detik**

4. **1 hari = ________ jam**

5. **1 minggu = ________ hari**

6. **1 bulan = ________ hari**

7. **1 bulan = ________ minggu**

8. **1 tahun = ________ minggu**

9. **1 tahun = ________ hari**

10. **1 tahun = ________ bulan**

II. 請根據以下題目，回答適當的印尼語：時間副詞。

例 Jika hari ini hari Minggu, besok hari apa?

➥ Besok hari Senin.

1. Jika hari ini hari Kamis, besok hari apa?

   ____

2. Jika hari ini hari Rabu, kemarin hari apa?

   ____

3. Jika kemarin hari Jumat, hari ini hari apa?

   ____

4. Jika besok hari Senin, hari ini hari apa?

   ____

5. Jika hari ini hari Selasa, lusa hari apa?

   ____

6. Jika hari ini hari Jumat, kemarin lusa hari apa?

   ____

7. Jika bulan ini bulan Februari, bulan depan bulan apa?

   ____

8. Jika bulan ini bulan September, bulan lalu bulan apa?

   ____

9. Jika bulan lalu bulan September, bulan ini bulan apa?

   ____

10. Jika bulan depan bulan Mei, bulan ini bulan apa?

    ____

11. Jika tahun ini tahun 1989, tahun depan tahun berapa?

    ____

12. Jika tahun ini tahun 2012, tahun lalu tahun berapa?

    ____

Pelajaran

11 Mau Pesan Apa? 要點什麼？

學習重點

❶ 如何點餐（餐點、飲料）。

❷ 表達請求 **(minta)** 的方式。

❸ 味道的形容詞。

❹ 表達不要 **(jangan)** 的方式。

Kosakata 重點單字

11-1

① **pesan**	點餐	⑦ **jangan**	不要
② **lapar**	肚子餓	⑧ **pake (pakai)**	使用
③ **enak**	好吃	⑨ **cabe (cabai)**	辣椒
④ **menu**	菜單	⑩ **gak usah**	不用
⑤ **minta**	請給我	⑪ **ulangi**	重複
⑥ **pedas**	辣的	⑫ **pesanan**	餐點

Percakapan 會話

11-2

Yuni dan Pei Lin makan di warung tenda.

Yuni 和培琳去一家小吃攤吃飯。

I.

Pei Lin: **Pesan yuk! Aku sudah lapar.**
來點餐吧！我已經肚子餓了。

Yuni: **Kamu mau pesan apa?**
你想點什麼？

Pei Lin: **Mi goreng di sini enak gak?**
這裡的炒麵好吃嗎？

Yuni: **Enak banget. Itu menu favorit di sini.**
非常好吃。它是這裡最受歡迎的料理。

照片提供：**Ariadi Sastra Gunawan**

II. **Pelayan** 服務生

Pelayan
Mau pesan apa?
要點什麼？

Yuni
Minta nasi uduk satu ya, Mas.
請給我一份烏督飯。

Pei Lin
Saya mau pesan mi goreng satu, Mas.
我要點一份炒麵。

Pelayan
Mau pedas gak?
要加辣嗎？

Pei Lin
Jangan pake cabe, Mas. Saya gak bisa makan pedas.
別放辣椒。我不能吃辣的食物。

Pelayan
Mau pesan minuman gak?
要點飲料嗎？

Yuni
Gak usah, Mas.
不用，先生。

Pelayan
OK, saya ulangi pesanannya.
好的，讓我重複一次你點的餐。

Satu nasi uduk, satu mi goreng tidak pedas.
一份烏督飯，一份不加辣的炒麵。

Pesan Makanan 點餐用語

Mau pesan apa? 要點什麼？

答

Mau pesan { 數量 + 餐點名稱 / 餐點名稱 + 數量 } 要點～

Minta { 數量 + 餐點名稱 / 餐點名稱 + 數量 } 請給我～

例

Pelayan: **Mau pesan apa, Bu?**
要點什麼，小姐？

Ibu Lisa: **Mau pesan satu porsi sate ayam, Mas.**
先生 ，要點一份雞肉串。

Pelayan: **Mau pesan apa, Kak?**
要點什麼，先生？

Joni: **Minta ayam goreng dua dan nasi putih satu, Mas.**
先生 ，請給我兩份炸雞和一碗白飯。

MINTA 請給我

11-3

Minta 這個單字的意思是「要求」、「請求」、「索取」，通常用來拜託他人提供某個物品，特別是在餐廳、商店、飯店或旅行途中。

minta + 名詞 請給我～

例

minta menu	請給我菜單。
minta tisu	請給我衛生紙。
minta sendok	請給我湯匙。
minta sumpit	請給我筷子。
minta es	請給我冰塊。
minta gula	請給我糖。
minta air putih	請給我白開水。
minta teh 1 lagi	請再給我一杯茶。
minta bon	請給我收據。
minta handuk	請給我毛巾。
minta ukuran S	請給我 **S** 號的尺寸。

補充

Minta 這個單字不僅可以用於索取某個物品或拜託他人，還可以用來「請求他人的原諒」或「尋求幫助」。

例

minta maaf	請原諒（我）。
minta tolong	請求幫忙。

RASA 味道的形容詞

11-4

manis
甜

asin
鹹

asam
酸

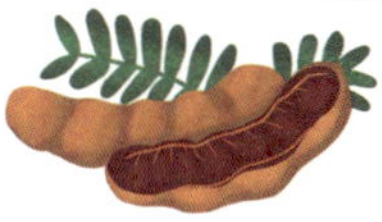

pahit
苦

pedas
辣

非知道不可的印尼語小常識

11-5

Jangan + **動詞**　別／不允許～

Jangan 是帶有命令語氣的詞彙，通常用來表達「阻止」、「禁止」或「警告」某件事情或者行為。

例

Jangan makan di sini.　不要在這裡飲食。

Jangan lupa bawa HP.　別忘了帶手機。

Jangan terlambat.　不要遲到了。

Jangan pakai gula.　不要加糖。

我還可以這樣說 11-6

表達加辣或不加辣

照片提供：Ariadi Sastra Gunawan

pedas	cabe (cabai)	sambal
辣	辣椒	辣椒醬

在印尼料理中，辣椒是一種很常見的調味料，點餐的時候可以利用下面的一些語句來表達想要的「辣度」。

例

Gak mau pedas.
不要辣。

Cabenya sedikit saja.
只需要加一點點辣椒。

Cabenya tambah yang banyak.
辣椒要加很多。

Jangan pakai sambal!
別加辣椒醬！

Sambalnya pisah.
辣椒醬分開裝。

小筆記

Enak 的使用方法

1. 形容食物、飲料好吃或美味。

例

Makanan di restoran ini enak sekali.
這家餐廳的食物很好吃。

Mi goreng ini rasanya enak.
這個炒麵很好吃。

2. 表達一種令人舒服或愉快的感覺，例如：身體狀況、環境、氛圍或其他引起感官和情感愉悅的事物。

例

Saya sedang tidak enak badan.
我現在身體不舒服。

Duduk di sofa enak sekali.
坐在這張沙發真是太舒服了！

Enak sekali kamu jalan-jalan ke Bali!
你（能）去峇厘島真是太棒了！

Lagu ini enak banget.
這首歌很好聽。

Enak gak kerja di sana?
在那裡工作好嗎？

Ayo Simak dan Ikuti! 讓我們聽一聽，並開口練習！

11-7

RUMAH MAKAN LEZAT

Menu

MAKANAN		MINUMAN	
NASI GORENG	Rp 35.000,-	TEH	Rp 10.000.-
NASI GORENG SPESIAL	Rp 40.000,-	ES TEH	Rp 12.000,-
MI GORENG	Rp 35.000,-	TEH MANIS	Rp 12.000,-
MI GORENG SPESIAL	Rp 40.000,-	ES TEH MANIS	Rp 14.000,-
SOTO AYAM	Rp 35.000,-	KOPI	Rp 15.000,-
SATE AYAM	Rp 40.000,-	ES KOPI	Rp 17.000,-
BAKSO	Rp 30.000,-	AIR MINERAL	Rp 12.000,-
GADO-GADO	Rp 30.000,-	JUS JERUK	Rp 20.000,-

補充

在菜單上，**teh** 通常指的是「熱茶」，而 **es teh** 則是「冰茶」，這兩者都是「無糖」。此外還可以這樣表達：

	無糖		加糖
熱的	**teh** 熱茶	**teh tawar** 原味茶	**teh manis** 甜茶
冰的	**es teh** 無糖冰茶	**es teh tawar** 原味冰茶	**es teh manis** 冰甜茶

Pelayan 服務生　　**Tamu** 客人

Pelayan: **Selamat datang di Rumah Makan Lezat!**
歡迎光臨 **Rumah Makan Lezat** ！

Mau pesan apa, Kak?
你要點什麼？

Tamu: **Saya mau pesan bakso satu dan gado-gado satu.**
我要點一份牛肉丸和一份什錦沙拉。

Pelayan: **Mau minum apa?**
要喝什麼？

Tamu: **Minta jus jeruk satu.**
請給我一杯柳橙汁。

Pelayan: **Ada lagi pesanan yang lain?**
還有（要）其它的餐點嗎？

Tamu: **Itu saja.**
那些就好。

Pelayan: **OK, saya ulangi pesanannya.**
好的，讓我重複一次你點的餐。

Satu bakso, satu gado-gado, dan satu jus jeruk.
一份肉丸、一份什錦沙拉，和一杯柳橙汁。

Ayo Latihan! 試試看，開口練習一下！

請根據上面的範例，回答合適的餐點與數量。

Pelayan: Selamat datang di Rumah Makan Lezat!

Mau pesan apa, Kak?

Tamu: Saya mau pesan ______________________ .

Pelayan: Mau minum apa?

Tamu: Minta ______________________ .

Pelayan: Ada lagi pesanan yang lain?

Tamu: Itu saja.

Pelayan: OK, saya ulangi pesanannya.

____ .

Budaya Indonesia 印尼文化

什麼是「清真認證」？

伊斯蘭教（又稱回教）是多數印尼人所信奉的宗教。在當地可以看到專為穆斯林設立的服務、設施、日常用品，以及餐飲。在印尼，當產品上市之前，通常都要取得清真認證，這是為了確保產品能夠順利進入市場，並讓消費者放心。通過清真認證的產品會貼上英文 **halal** 和阿拉伯文「حلال」的認證標章，意味著該產品是教法上許可的。若產品不符合教規，則會被稱為 **haram**，意思是被禁止的。

在印尼有一個很有趣的現象，你會看到餐廳會將清真認證的標誌做成一個大大的招牌燈箱，掛在餐廳門口顯眼處，就是為了告訴消費者自家餐廳是有得到清真認證，可以放心進來用餐。

在一些商場或美食廣場會看到像是這樣的餐盤回收車，目的是為了將 **halal** 和非 **halal** 的餐盤分開回收，不和其他客人的餐具混用，以避免有酒精或豬肉成分殘留。

在印尼隨處可見的各式清真認證標章

超實用印尼語單字！

1. **halal** 合法的、被允許的　2. **haram** 被禁止的

Latihan 牛刀小試

I. 請根據以下題目，選出正確印尼語。

Mi Pangsit
炸餛飩麵

1. Saya mau ________ satu porsi mi pangsit.

   A. minum　B. pesan　C. pakai　D. enak

2. Boleh ________ sumpit?

   A. minta　B. pesan　C. sendok　D. menu

3. Makanan di sini ______ sekali.

   A. halal　B. haram　C. lapar　D. enak

4. Makanan ini ________ tidak?

   A. gak usah　B. pedas　C. lapar　D. pesanan

5. Minta teh manis. _______ pakai es.

   A. Minum　B. Sedikit　C. Jangan　D. Ulangi

6. Kamu sudah _______?

   A. gak usah　B. manis　C. lapar　D. enak

7. Apa menu _______ di sini?

   A. favorit　B. pahit　C. sambal　D. pesanan

8. Ada lagi ________ yang lain?

   A. favorit　B. pahit　C. sambal　D. pesanan

II. 請在空格填上正確答案。

pedas	asin	pahit	asam	manis

1. Gak usah pakai gula. Teh ini sudah ________.
2. Jangan pakai sambal. Saya tidak bisa makan ________.
3. Obat ini rasanya ________ .
4. Saya suka buah lemon karena ________.
5. Boleh minta garam? Masakan ini kurang ________.

III. 請根據以下題目，排列以下對話的內容順序。

(   ) "Nasi gorengnya mau pedas tidak?"

(1) "Mau pesan apa, Kak?"

(   ) "Mau pesan minuman, Kak?"

(   ) "Saya ulangi pesanannya. Satu soto ayam dan dua nasi goreng spesial, satu pedas dan satu tidak pedas."

(   ) "Gak usah."

(   ) "Satu pedas dan satu jangan pedas."

(   ) "Minta soto ayam satu dan nasi goreng spesial dua."

Pelajaran 12 Bisa Naik Apa? 可以搭什麼交通工具？

學習重點

❶ 詢問怎麼搭車。

❷ 常見交通工具。

❸ 表達「所在地」的方式。

❹ 請求幫忙 **(tolong、mohon)**。

Kosakata 重點單字

12-1

①	**pulang**	返回	⑥	**tolong**	請～
②	**naik**	搭乘（交通工具）	⑦	**segera**	快的
③	**pesan**	預訂	⑧	**sana**	那裡
④	**aplikasi**	應用程式（APP）	⑨	**depan**	前面
⑤	**jemput**	接送	⑩	**mohon**	請求許可、懇求

Percakapan 會話

12-2

Yuni dan Pei Lin mau pulang dari mal.
Yuni 和培琳要從購物中心回家。

Pei Lin **Yun, kita bisa pulang naik apa?**
Yun, 我們可以搭什麼回家？

Yuni **Bisa naik ojek atau taksi.**
可以搭摩托計程車或是計程車。

Pei Lin **Kita naik taksi sama-sama saja.**
我們一起搭計程車好了。

Yuni **Boleh, aku pesan lewat aplikasi ya.**
可以，我用軟體叫車。

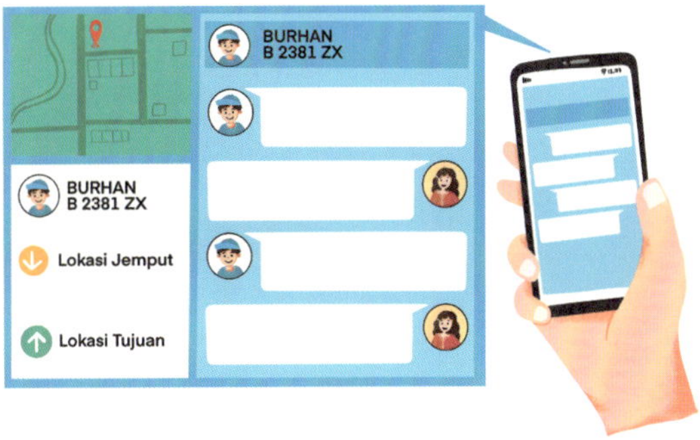

Chat di aplikasi daring dengan supir taksi.
透過線上應用程式與計程車司機對話。

Supir taksi **Halo, Kak! Mau jemput di mana?**
姐姐，你好！要在哪裡接你？

Yuni **Tolong jemput di depan lobi utara ya.**
請在北大廳的前面接我。

Supir taksi **Baik, Kak. Saya segera ke sana. Mohon tunggu sebentar.**
好的，姐姐。我馬上到那裡。請稍等。

Alat Transportasi 交通工具

12-3

sepeda
腳踏車

sepeda motor
= motor
摩托車

ojek
摩托計程車

mobil
汽車

taksi
計程車

bus
公車

kereta api
火車

pesawat
飛機

kapal
船

補充

jalan kaki
步行

Bisa Naik Apa? 可以搭什麼交通工具？

Bisa naik apa ke ＋ 地點？ 可以搭什麼去～？

或

Ke ＋ 地點 ＋ bisa naik apa? ？ 去～可以搭什麼？

答

Bisa naik ＋ 交通工具 可以搭～

例

Aldo: **Jon, ke kampus bisa naik apa saja?**
Jon，我可以搭什麼去學校？

Joni: **Bisa naik bus atau ojek.**
可以搭公車或摩托計程車 。

Aldo: **Bisa jalan kaki ke sana?**
可以走路去那裡嗎？

Joni: **Jalan kaki kira-kira 20 menit.**
步行約 **20** 分鐘。

Aldo: **Kalau naik sepeda?**
如果騎腳踏車呢？

Joni: **Kalau naik sepeda kira-kira 10 menit.**
如果騎腳踏車大概 **10** 分鐘。

補充　要表達「如何到達某地方」，除了可以使用較口語的提問方式 **Bisa naik apa ke ~ ?**，還可以使用較正式的提問方式 **Bagaimana cara ke ~ ?**。

例 **Bagaimana cara ke kampus?** 如何到達校園？

Ayo Latihan! 試試看，開口練習一下！

請根據以下題目，回答適當的印尼語。

A: **Bisa naik apa ke bandara?**
可以搭什麼去機場？

B: **Kamu bisa naik ______________.**

A: **Bisa naik apa ke stasiun kereta api?**
可以搭什麼去火車站？

B: **Kamu bisa naik ______________.**

A: **Bisa naik apa ke pasar?**
我可以搭什麼去市場？

B: **Kamu bisa naik ______________.**

A: **Bisa naik apa ke sekolah / kampus / kantor?**
可以搭什麼去學校／大學／辦公室？

B: **Kamu bisa naik ______________.**

A: **Aku bisa pulang naik apa?**
我可以搭什麼回家？

B: **Kamu bisa pulang naik ______________.**

小筆記

Naik 的使用方法

當 **naik** 作為動詞使用時，除了表示「搭乘某種交通工具」之外，也有「增加」或「往上」的意思。

naik tangga 爬樓梯	**naik gunung** 爬山	**naik harga** 漲價
naik lift 搭電梯	**naik gaji** 加薪	**naik haji** 朝聖
naik ke atas 往上走	**naik jabatan** 升遷	**naik kelas** 升級

例

Pei Lin: **Ayo, naik ke lantai 3!**
來吧，上去三樓！

Yuni: **Kita bisa naik tangga.**
我們可以爬樓梯。

Pei Lin: **Naik lift saja.**
搭電梯好了。

Yuni: **Do, kamu sudah pernah naik Gunung Semeru?**
Do，你爬過塞梅魯火山嗎？

Aldo: **Sudah, tahun lalu.**
去年已經（去過）。

Yuni: **Berapa lama naik sampai ke puncak?**
爬到山頂要多久？

Aldo: **Kira-kira 14 jam.**
大約 **14** 小時。

Jemput di Mana? 要在哪裡接送呢？

詢問接送地點

Jemput di mana? 在哪裡接（送）呢？

答 **Jemput di** + 地方 在～接送

例

Supir taksi **Jemput di mana, Bu?**
要在哪裡接您呢，女士？

Ibu Lisa **Jemput di lobi apartemen.**
在公寓大廳。

Joni **Mau jemput di mana, Yun?**
Yun，要在哪裡接你呢？

Yuni **Jemput di pintu utama stasiun.**
在車站大門。

Supir ojek **Jemput di mana, Kak?**
要在哪裡接你呢，小姐？

Pei Lin **Saya tunggu di pinggir jalan.**
我在路邊等。

Posisi 位置

di depan + 地方　在～的前面

例

di depan supermarket
在超市的前面

di belakang + 地方　在～的後面

例

di belakang sekolah
在學校的後面

di samping + 地方　在～的旁面

例

di samping rumah sakit
在醫院的旁邊

非知道不可的印尼語小常識

12-4

Tolong 和 Mohon 的差異

雖然在某些情境中 **tolong** 與 **mohon** 可以通用，不過在某些用法上還是有差異：

Tolong

Tolong 有「幫忙」的意思，用於「拜託他人幫忙某事」。

tolong + **動詞**　請（幫忙）～

例

Tolong buka pintu.	請（幫忙）開門。
Tolong ulangi.	請（幫忙）重複一次。
Tolong bantu saya.	請幫忙我。

Mohon

Mohon 的意思是「懇求」，通常用於「懇請大家的配合」的情況，目的是要維持秩序、安全、衛生，或者是為了遵守某些規定或規範。

mohon + **動詞**　懇請～

例

Mohon datang tepat waktu.	請準時抵達。
Mohon tidak berisik di kelas.	請不要在教室裡大聲吵鬧。
Mohon tidak melepas masker.	請不要脫下口罩。
Mohon maaf lahir dan batin.	從內心請求原諒我！

小提醒

Pulang 的使用時機

通常 **pulang** 的後面會加上某個地點或者目的地，像是家、家鄉、國家名稱等等，意思是「回家」或「回到原點」。

pulang + **ke** + 地點／目的地　回到～

✔ **pulang ke rumah**
✘ **pergi ke rumah**

✔ **pergi ke rumah teman**

例

Yuni **Minggu depan kamu bisa datang ke pesta ulang tahun Aldo?**
下週你會來參加 **Aldo** 的生日派對嗎？

Pei Lin **Gak bisa. Aku mau pulang ke Taipei.**
不會。我要回台北。

Yuni **Oh, iya! Kamu pulang ke Taipei berapa lama?**
哦，是的！您回去台北多久？

Pei Lin **Satu bulan.**
一個月。

Budaya Indonesia 印尼文化

印尼的超級接送服務

Ojek 是一種專門用來載客人的摩托車。一開始會有 **ojek** 的興起是為了緩解雅加達嚴重的交通阻塞問題。這種接送服務的出現，為當地人帶來許多好處，像是收費便宜、速度快、司機多、便利。近年來在印尼出現幾家專門提供摩托車接送的公司，這些公司都有開發專屬 **APP**，讓顧客可以預先上網叫車，時間到了，司機就會在指定的上車地點出現。提供 **ojek** 服務的公司除了提供接送顧客的服務，還有提供外送、代繳帳單費用、宅配貨物等多種服務，現今 **ojek** 已經成為印尼很普遍的代步工具。

超實用印尼語單字！

ojek online 線上叫車平台

縮寫用法 **ojol**

Latihan 牛刀小試

I. 請在空格處填上正確答案。

1. Pei Lin naik __________ pulang ke Taiwan.

2. Yuni naik __________ ke rumah Susan.

3. Ibu Sri naik __________ dari Yogyakarta ke Solo.

4. Adik naik __________ ke sekolah.

5. Aisyah __________ ke warung.

6. Ivan dan Dewi naik __________ ke Bandung.

7. Kita bisa naik __________ Pulau Seribu.

8. Pak Toni naik __________ ke kantor.

II. 重組練習

1. pulang - naik - Yuni - rumah - ke - ojek

____

2. taksi - aplikasi - mereka - lewat - pesan

____

3. lobi - saya - tolong - di - jemput - hotel

____

4. restoran - tunggu - depan - saya - di

____

5. motor - Aldo - ke - naik - rumah - Joni - sepeda

____

回顧練習：第十一～十二課重點內容

請在空格填上正確答案。

minta	jangan	tolong	mohon	pesan
tunggu	pulang	naik	jemput	pakai

1. Kita bisa ____________ makanan lewat aplikasi.
2. Enak sekali makan nasi goreng __________ kerupuk dan sambal.
3. Mohon datang tepat waktu. __________ terlambat.
4. _________ jemput ibu di depan rumah sakit.
5. Kamu bisa ________ kereta api atau bus dari Taipei ke Taichung.
6. _________ tidak makan dan minum di dalam museum.
7. Mau _________ di mana dan jam berapa?
8. Adik _________ ke rumah naik bus.
9. Permisi, boleh __________ menunya?
10. Saya sudah __________ di sini kira-kira 15 menit.

附錄

觀光必備！學會這些，在印尼就能暢行無阻！ 13-1

日常

禮貌詞

Permisi
不好意思

Makasih
謝謝

禮貌的拒絕

Gak usah
不用／不需要

商店 餐廳

稱呼店員或服務生

Kak
男／女服務生

Mbak
女服務生

Mas
男服務生

餐廳

向服務生索取東西

Minta ～
請給我～

piring kosong 空盤	sendok 湯匙
garpu 叉子	sedotan 吸管

點餐

～ pisah
～要分開

Pake ～
放～

Jangan pake ～
不要放～

saos 醬料	cabe 辣椒
es batu 冰塊	gula 砂糖

商店

問價格、議價

Ini berapa?
這個多少錢？

Harganya berapa?
價格多少？

Bisa kurang?
可以（算）便宜一點嗎？

索取購物袋

Mau kantong plastik
需要塑膠袋

儲值現金卡

Mau isi ulang
要儲值現金

試穿衣服／鞋子、試戴飾品／帽子

Boleh coba gak?
可以試試看嗎？

飯店

寄放行李

Saya mau titip koper.
我想寄放行李。

詢問推薦的餐廳／景點

Ada rekomendasi restoran atau tempat wisata apa di sekitar sini?
這附近有什麼推薦的餐廳或景點嗎？

Huruf Kapital 印尼語大寫

印尼語採用羅馬字母，書寫跟英語一樣有大小寫之分。
在以下情況必須使用大寫：

1. 句子的第一個字

例

Adik sedang bermain bola.
Dia suka menonton film.
Aku cinta kamu.

2. 人名、暱稱

例

Yuni Irawati
Joko Widodo
Chintia Kuan
Nicholas Saputra

3. 稱謂

➤ Anda 您

Anda 是用來表示尊敬和禮貌的詞彙，首字母「A」要大寫。

例

Siapa nama Anda?
Semoga Anda baik-baik saja.

➤ 親屬關係

當親屬關係的名詞被作為「稱謂」和「人稱代名詞」須要大寫，
例如：bapak, ibu, kakak, adik, saudara, kakek, nenek 等。

例

Bapak　父親、先生

Apa kabar, Pak?

Besok Bapak mau pergi ke Surabaya.

Ibu　母親、女士

Mau ke mana, Bu?

Silakan Ibu duduk di sini.

當親屬關係的名詞被作為「所有格代名詞」不須要大寫。

例

Hari ini adalah hari ulang tahun ibu saya.

Pekerjaan kakaknya adalah seorang guru.

4. 地理名稱

例

Asia Tenggara　東南亞

Malaysia　馬來西亞

Sumatra Utara　北蘇門答臘

Gunung Agung　阿貢山

Pulau Komodo　科莫多島

Danau Toba　多巴湖

Laut Jawa　爪哇海

5. 年份、月份、日子、節日。

例

hari Senin　星期一
bulan Agustus　八月
hari Natal　聖誕節
bulan Ramadan　齋戒月
Idul Fitri　開齋節

6. 與宗教、上帝、神或宗教相關的名詞。

例

Tuhan　上帝
Islam　伊斯蘭教
Al-Qur’an　古蘭經
Kristen　基督教
Alkitab　聖經
Yesus Kristus　耶穌基督

7. 族群、語言、國族的名稱。

例

suku Jawa　爪哇族
bahasa Inggris　英語
bangsa Indonesia　印尼語

8. 歌名、書名、電影等標題。

每個單字的第一個字母都要大寫，除了沒在句首的助詞，例如 :**di**、**ke**、**dari**、**dan**、**yang**、**dengan**、 **untuk** 等。

例

Korupsi: Penyakit Kronis di Indonesia

Hujan Bulan Juni

Laskar Pelangi

Ada Apa dengan Cinta?

Di Batas Akhir Senja

9. 縮寫

例

AC (Air Conditioner) 冷氣

WC (Water Closet) 廁所

HP (Hand Phone) 手機

KTP (Kartu Tanda Penduduk) 身分證

SD (Sekolah Dasar) 國小

SMP (Sekolah Menengah Pertama) 國中

SMA (Sekolah Menengah Atas) 高中

Kata Tanya 疑問詞總複習

疑問詞	疑問句	詳細內容
apa 什麼	Apa kabar? 你好嗎？	第 1 課
	Sedang apa? 正在做什麼？ Ngapain? 在幹嘛？	第 3 課
	Apa ini? 這是什麼？	第 4 課
	Suka makan apa? 喜歡吃什麼？ Mau minum apa? 要喝什麼？	第 5 課
	Hari apa? 星期幾？	第 9 課
	Mau pesan apa? 要點什麼？（點餐）	第 11 課
	Bisa naik apa? 可以搭什麼？（交通工具）	第 12 課
siapa 誰	Siapa nama kamu? 你叫什麼名字？	第 2 課
	Siapa itu? 那是誰？	第 4 課
berapa 多少	Ada berapa? 有多少？	第 6 課
	Ini berapa? 這個多少錢？	第 7 課
	Jam berapa? 幾點？ Berapa lama? 多久？	第 8 課
	Tanggal berapa? 幾月幾日？ Berapa umurmu? 你幾歲了？	第 9 課
kapan 何時	Kapan ulang tahunmu? 你的生日是什麼時候？	第 9 課

疑問詞	疑問句	詳細內容
mana 哪裡 - dari mana 從哪裡	Berasal dari mana? 來自哪裡？	第 2 課
- ke mana 去哪裡	Mau ke mana? 要去哪裡？	第 10 課
- di mana 在哪裡	Tinggal di mana? 住在哪裡？	第 10 課
	Jemput di mana? 在哪裡接（送）？	第 12 課
mengapa / kenapa 為什麼	Kenapa? 為什麼？	第 6 課 第 9 課
sudah / belum 已經／還沒 Sudah ～ belum? ～了嗎？	Sudah makan belum? 已經吃過飯了嗎？	第 3 課
iya / bukan 是／不是 ～ bukan? 是不是～？	Orang Indonesia bukan? 是不是印尼人？ Ini HPmu bukan? 這個是不是你的手機？	第 4 課
mau / tidak mau 要／不要 - Mau ～ atau ～ ? 要 A 還是 B ？	Mau teh atau kopi? 要茶還是咖啡？	第 5 課
- Mau ～ tidak? 要～嗎？ = Mau ～ gak?	Mau pedas tidak? 要辣嗎？ Mau pesan minuman gak? 要點飲料嗎？	第 11 課

疑問詞	疑問句	詳細內容
suka / tidak suka 喜歡／不喜歡 - Suka ～ tidak? 喜歡～嗎？ = Suka ～ gak?	Suka olahraga tidak? 喜歡運動嗎？ Suka minum susu gak? 喜歡喝牛奶嗎？	第 5 課
bisa / tidak bisa 會／不會 - Bisa ～ tidak? 能夠～嗎？ = Bisa ～ gak?	Bisa kurang tidak? 能夠少一點嗎？ Bisa lebih murah gak? 能夠更便宜嗎？	第 7 課
boleh / tidak boleh 可以／不可以 - Boleh ～ tidak? 可以～嗎？ = Boleh ～ gak?	Boleh tawar tidak? 可以議價嗎？ Boleh masuk gak? 可以進去嗎？	第 7 課

印尼主要城市地圖

Medan
棉蘭
Sumatra Utara
北蘇門答臘
Padang
巴東
Pulau Seribu
千島群島
Surabaya
泗水
Jawa Tengah
中爪哇
Jakarta
雅加達
Bandung
萬隆
Yogyakarta
日惹
Bali
峇里島
Gunung Semeru
賽梅魯火山
Solo
梭羅

Papua
巴布亞

印尼語單字表

單字	意思	參考頁數
ada	有	第 3 課：50　第 6 課：99　第 7 課：119　第 10 課：167, 175　第 11 課：195
adalah	是～	第 1 課：28　第 4 課：65, 68, 70, 71　第 5 課：79, 85, 90
adik	弟弟、妹妹	第 3 課：54　第 5 課：83, 91　第 7 課：120　第 10 課：174
aduh	哎喲	第 9 課：147
agak	有一點	第 8 課：131
air	水	第 3 課：60　第 5 課：80　第 6 課：106　第 11 課：190, 194
aku	我	第 2 課：34, 35, 37　第 3 課：54, 55　第 5 課：79, 85, 88　第 6 課：99　第 7 課：119　第 8 課：131, 142　第 9 課：147　第 10 課：167, 177　第 11 課：187　第 12 課：201, 209
anak	小孩	第 9 課：157
anjing	狗	第 4 課：67　第 6 課：105
apa kabar	你好嗎？	第 1 課：21, 25, 27
aplikasi	應用程式（APP）	第 12 課：201
atau	或者	第 5 課：79, 86　第 12 課：201, 203
ayam	雞	第 5 課：84, 85, 87　第 6 課：106　第 11 課：189, 194
ayo	來吧！	第 3 課：49, 58　第 10 課：178　第 12 課：205
bagus	棒的、好看	第 4 課：67　第 5 課：89, 91
bahasa	語言	第 1 課：28　第 7 課：119, 122　第 9 課：154
baik	好的	第 1 課：21, 25, 27　第 5 課：90　第 12 課：201
baju	衣服	第 4 課：67　第 10 課：172, 176　第 11 課：193
bakso	牛肉丸（印尼傳統食物）	第 11 課：194, 195
bandara	機場	第 12 課：204
banget	很～（口語）	第 5 課：89, 90　第 11 課：187
bantu	幫忙	第 7 課：119　第 12 課：208
banyak	很多	第 11 課：192
bapak	先生、爸爸	第 1 課：27　第 2 課：41　第 4 課：71　第 5 課：83　第 9 課：152

baru	新的	第 1 課：22　第 10 課：177
bawa	帶	第 11 課：191
bekerja 字根：kerja	辦公、工作	第 3 課：55
belajar	學習、讀書	第 3 課：55, 57　第 10 課：178
belanja	購物	第 3 課：53　第 10 課：167
beli	買	第 5 課：84　第 9 課：147　第 10 課：176
belum	還沒	第 3 課：49, 51, 54, 55, 58 第 7 課：113　第 9 課：147
benar	正確	第 3 課：55
berangkat	出發	第 8 課：131
berasal	來自～	第 2 課：33, 38, 39, 41　第 10 課：177
berenang	游泳	第 7 課：120
berisik	吵鬧	第 12 課：208
bermain 字根：main	玩～、彈～、打～	第 7 課：120
besok	明天	第 10 課：167, 168, 175
bicara	說話、通話	第 7 課：119
bioskop	電影院	第 10 課：178
bir	啤酒	第 5 課：88　第 6 課：106
bisa	會、能夠	第 7 課：113, 119, 120, 121, 122 第 11 課：188　第 12 課：201, 203, 205, 209
boleh	可以 （允許～、被允許）	第 7 課：113, 118, 120, 121, 122 第 10 課：167　第 12 課：201
buah	水果	第 5 課：79, 82, 83, 87, 90
	～個（單位量詞）	第 6 課：99, 105
buka	開	第 12 課：208
bukan	不是	第 4 課：65, 69, 70　第 5 課：91
buku	書本	第 2 課：37　第 3 課：52　第 4 課：69 第 5 課：89　第 10 課：172
bulan	月	第 9 課：156, 157　第 10 課：169　第 12 課：209
bus	公車	第 12 課：203
cabe (cabai)	辣椒	第 11 課：188, 192
coba	嘗試、嚐	第 7 課：122
dadah	下次見	第 1 課：26　第 2 課：35

dan	和	第 2 課：35　第 5 課：79, 84　第 7 課：118 第 9 課：154, 155　第 12 課：208
dari	從（介系詞）	第 2 課：33, 38, 39　第 4 課：65　第 10 課：177
datang	來	第 1 課：22　第 6 課：99　第 7 課：119 第 10 課：177　第 11 課：195　第 12 課：208, 209
dengan	跟（介系詞）	第 7 課：119
depan	前面	第 10 課：169, 174　第 12 課：201, 207, 209
di	在（介系詞）	第 2 課：35　第 3 課：50　第 5 課：91 第 7 課：118, 120　第 8 課：131, 141 第 9 課：157, 158　第 10 課：167, 175, 176, 178 第 11 課：187, 191, 193, 195　第 12 課：201, 206, 208
dia	他／她	第 2 課：34, 37, 38, 39　第 3 課：54, 55　第 4 課：65, 70, 71 第 5 課：91　第 9 課：158　第 10 課：175, 176, 177
duduk	坐下	第 3 課：49　第 7 課：118　第 11 課：193
duit	錢（口語）	第 7 課：121
dulu	先	第 1 課：21, 26　第 3 課：50　第 8 課：131
duluan	先走、先離開	第 1 課：26　第 2 課：35
durian	榴槤	第 5 課：79
enak	好吃	第 11 課：187, 193
es	冰塊、冰的	第 5 課：79, 80, 85, 90　第 11 課：190, 194
favorit	最喜歡的～	第 5 課：90　第 11 課：187
film	電影	第 5 課：90, 91　第 10 課：178
gado-gado	什錦沙拉 （印尼傳統食物）	第 5 課：83　第 6 課：106　第 7 課：122 第 11 課：194, 195
gak	不～（口語）	第 5 課：88　第 7 課：119　第 8 課：131, 142 第 11 課：187, 188, 192, 193　第 12 課：209
ganggu	打擾	第 3 課：55
goreng	炸的、炒的	第 5 課：84　第 11 課：187, 188, 189, 193, 194
gula	糖	第 7 課：122　第 11 課：190, 191
guru	教師	第 1 課：28　第 4 課：71　第 6 課：105
habis	剛	第 10 課：177
halo	你好	第 2 課：33　第 7 課：119　第 12 課：201
hamil	懷孕	第 9 課：157
hanya	只有	第 9 課：155
harga	價格	第 7 課：113, 121　第 12 課：205

hari	日、天、星期	第 7 課：120 第 9 課：147, 149, 154, 155 第 10 課：168
hari ini	今天	第 9 課：147, 149, 154 第 10 課：168, 169, 175
hati-hati	小心	第 10 課：167
hitung	數數	第 6 課：99
HP	手機	第 4 課：68 第 11 課：191
ibu	女士、媽媽	第 1 課：27, 28 第 2 課：41 第 4 課：67 第 5 課：83, 90 第 9 課：157 第 10 課：176
ini	這個、這是	第 3 課：55 第 4 課：65, 67, 68, 69, 70, 71 第 5 課：84, 86, 89, 91 第 6 課：99 第 7 課：113, 119, 121, 122 第 8 課：141 第 9 課：147 第 10 課：177 第 11 課：193
itu	那個	第 2 課：36 第 4 課：65, 67, 68, 69, 70, 71 第 5 課：86 第 7 課：113 第 9 課：157 第 10 課：176, 177 第 11 課：187, 195
iya	是的、對	第 4 課：65, 69 第 12 課：209
jalan	走	第 1 課：21, 26 第 3 課：50
	道路	第 10 課：167 第 12 課：206
jalanan	路上	第 8 課：131
jalan kaki	步行	第 7 課：119 第 10 課：177 第 12 課：203
jalan-jalan	逛街、旅行	第 10 課：167, 178 第 11 課：193
jam	～點	第 8 課：131, 139 第 10 課：167
	～小時	第 8 課：139 第 12 課：205
jamu	草本飲品（印尼傳統飲料）	第 5 課：79
jangan	別、不要	第 3 課：55 第 11 課：188, 191, 192
jemput	接送	第 12 課：201, 206
jumpa	見面	第 1 課：21
jus jeruk	柳丁汁	第 5 課：80, 87 第 6 課：106 第 11 課：194, 195
kado	禮物	第 9 課：147, 151
kakak	哥哥、姐姐	第 5 課：83 第 10 課：176
kalau	如果	第 2 課：33 第 3 課：54 第 5 課：79 第 12 課：203
kalian	你們	第 2 課：35, 37 第 7 課：118, 119
kami	我們	第 2 課：35, 37 第 7 課：118
kampus	校園（大學）	第 10 課：175 第 12 課：203, 204

kamu	你	第 1 課：21 第 2 課：33, 34 36, 37, 38 第 3 課：49, 54, 57 第 4 課：68, 69, 70 第 5 課：79, 85, 87, 90 第 6 課：99 第 7 課：122 第 8 課：131, 139 第 9 課：152, 155, 157, 158 第 10 課：167, 177 第 11 課：187, 193 第 12 課：205, 209
kantin	學生餐廳、食堂	第 2 課：35
kantor	辦公室	第 10 課：171, 176 第 12 課：204
karena	因為	第 7 課：120
ke	往（方向）、 去～（介系詞）	第 3 課：55 第 5 課：84 第 6 課：99 第 7 課：119 第 9 課：155 第 10 課：167, 174, 175, 177 第 11 課：193 第 12 課：201, 203, 205, 209
ke-	第～	第 9 課：147
kelas	課、班、教室	第 9 課：154 第 12 課：205, 208
kemarin	昨天	第 10 課：168, 174
kenal **kenalkan**	認識 讓我介紹一下	第 2 課：33
kerja	工作	第 11 課：193
kesukaan	最喜歡的	第 5 課：79, 85, 87
ketemu	見面	第 1 課：26 第 10 課：167
kira-kira	大約	第 12 課：203, 205
kita	我們	第 2 課：35, 37 第 9 課：155 第 12 課：201, 205
kondisi	狀態、狀況	第 5 課：90
kopi	咖啡	第 5 課：79, 80, 86, 88, 90, 91 第 11 課：194
kue	蛋糕	第 6 課：106 第 9 課：151
kuliah	讀大學	第 9 課：158
kurang	不太～、少的、 減少	第 1 課：25 第 5 課：83 第 7 課：113, 121 第 8 課：135, 137
kurangin	減一點	第 7 課：121
kursi	椅子	第 6 課：99
lagi	再、再次	第 1 課：21, 26 第 7 課：121 第 9 課：147 第 11 課：195
	正在～（口語）	第 3 課：57 第 6 課：99
lagu	歌	第 11 課：193
lahir	出生	第 9 課：157, 158
lain	其它的	第 11 課：195
laki-laki	男生	第 4 課：67
lalu	過去的	第 10 課：169 第 12 課：205
lama	久	第 8 課：139 第 12 課：205, 209

lantai	樓層	第 12 課：205
lapar	肚子餓	第 3 課：55　第 11 課：187
lebih	更～、多了	第 7 課：121　第 8 課：135, 137
lewat	過、過了、通過	第 3 課：50　第 8 課：135, 137　第 12 課：201
libur	放假	第 9 課：155
liburan	度假、假期	第 10 課：175
lobi	大廳	第 12 課：201, 206
luar	外面	第 3 課：55
lucu	可愛的	第 4 課：67
lulus	畢業	第 9 課：158
lupa	忘記	第 11 課：191
lusa	後天	第 10 課：168
maaf	對不起、抱歉、不好意思	第 7 課：118, 119　第 8 課：131, 142　第 12 課：208
macet	塞車	第 8 課：131, 143
mahasiswa	大學生	第 10 課：177
main	玩～、打～	第 3 課：57　第 10 課：178
makan	吃	第 1 課：22　第 2 課：35　第 3 課：49, 50, 51, 58　第 4 課：72　第 5 課：79, 83, 84, 88　第 7 課：118, 122　第 8 課：131　第 10 課：178　第 11 課：188, 191
makanan	食物	第 4 課：65, 72　第 5 課：85, 87　第 11 課：193
makasih	謝謝（口語）	第 7 課：113
mal	購物中心	第 10 課：176, 178
malam	晚上	第 1 課：22, 27　第 3 課：51　第 5 課：84　第 7 課：119, 120　第 8 課：132, 133, 134, 137　第 10 課：167
mama	媽媽	第 9 課：147
mandi	洗澡	第 3 課：54
masak	煮飯	第 3 課：49　第 4 課：72
masker	口罩	第 12 課：208
masuk	進入	第 3 課：49　第 7 課：118
mau	想要	第 2 課：35　第 3 課：50　第 5 課：79, 84, 88, 91　第 6 課：99　第 7 課：122　第 8 課：131　第 10 課：167, 174, 175　第 11 課：187, 188, 189, 192, 195　第 12 課：201, 206, 209
membaca	閱讀、看書	第 3 課：52　第 5 課：89

menikah	結婚	第 3 課：54
menit	～分鐘	第 8 課：134, 135, 137　第 10 課：177　第 12 課：203
menu	菜單	第 11 課：187, 190, 194
mereka	他們	第 2 課：35, 37　第 3 課：56, 58 第 4 課：70　第 5 課：90, 91
mi	麵	第 5 課：83　第 6 課：107 第 11 課：187, 188, 193, 194
minggu	週	第 10 課：169, 174　第 12 課：209
Minggu	星期天	第 9 課：148, 155　第 10 課：168
minta	請給我	第 11 課：188, 189, 195
minum	喝	第 3 課：50　第 4 課：72　第 5 課：79, 83, 85, 88 第 7 課：118　第 11 課：195
minuman	飲料	第 4 課：72　第 5 課：79, 80, 81, 87, 90 第 11 課：188
mobil	車子	第 4 課：70
mohon	請求許可、懇求	第 12 課：201, 208
murah	便宜	第 7 課：121
naik	搭乘（交通工具）、往上、增加	第 12 課：201, 203, 205
nama	名字	第 2 課：33, 36, 39, 41
nasi	米飯	第 5 課：84, 88　第 6 課：107 第 11 課：188, 189, 194
ngapain	幹嘛	第 3 課：57　第 6 課：99
nilai	分數	第 5 課：89
nonton	看（口語）	第 10 課：178
ojek	摩托計程車	第 12 課：201, 203
olahraga	運動	第 3 課：53　第 5 課：91　第 10 課：172
orang	人	第 2 課：33, 38, 39　第 3 課：50　第 4 課：65, 67, 70 第 5 課：91
	～位（單位量詞）	第 6 課：99, 105, 107
pacar	情侶	第 3 課：54　第 4 課：67
pagi	早上	第 1 課：21, 22, 24　第 3 課：51 第 8 課：132, 133, 137, 141
pake (pakai)	使用	第 11 課：188, 191, 192
paket	包裹	第 10 課：177
paling	最～	第 5 課：83
panas	熱的	第 4 課：68　第 5 課：80, 91

papa	爸爸	第 9 課：159
pasar	市場、菜市場	第 10 課：167, 171, 174　第 12 課：204
pedas	辣的	第 5 課：84　第 7 課：122　第 11 課：188, 192
perempuan	女生	第 4 課：67
pergi	去	第 3 課：58　第 9 課：155 第 10 課：174, 178　第 12 課：209
permisi	不好意思	第 3 課：49, 50　第 5 課：84　第 7 課：118
pernah	～過	第 12 課：205
pesan	點餐、預訂	第 5 課：84　第 11 課：187, 188, 189, 195 第 12 課：201
pesanan	餐點	第 11 課：188, 195
pesta	派對	第 12 課：209
pintu	門	第 12 課：206, 208
pisah	分開	第 11 課：192
porsi	～份	第 6 課：106　第 11 課：189
pukul	～點（正式）	第 8 課：141
pulang	返回、回家	第 12 課：201, 209
punya	擁有	第 3 課：54
putih	白	第 5 課：80　第 11 課：189, 190
rasa	味道	第 11 課：193
rendang	仁當燉牛肉 （印尼傳統食物）	第 4 課：65, 70
restoran	餐廳	第 8 課：131　第 11 課：193
rumah	房子、家	第 3 課：50　第 5 課：91　第 7 課：119 第 10 課：171, 175　第 12 課：209
saja	就是、只有、只是	第 1 課：21, 25　第 5 課：79　第 7 課：113, 122 第 10 課：175　第 11 課：192, 195　第 12 課：201, 203, 205
sakit	生病	第 7 課：120　第 10 課：171
salam	問候	第 2 課：33
sama-sama	不客氣、一起、一樣	第 2 課：35　第 3 課：49, 58 第 10 課：178　第 12 課：201
sambal	辣椒醬	第 5 課：91　第 11 課：192
sampai	到（介系詞）	第 12 課：205
sampai jumpa	下次見	第 1 課：21
sampai ketemu	下次見（口語）	第 1 課：26　第 10 課：167

sana	那裡	第 5 課：91　第 7 課：119　第 8 課：141　第 10 課：177　第 11 課：193　第 12 課：201, 203
sangat	非常	第 4 課：68　第 5 課：79, 83, 89, 90
sate	沙嗲（印尼傳統食物）	第 5 課：85　第 6 課：106　第 11 課：189, 194
saya	我	第 1 課：21, 26　第 2 課：33, 34, 36, 38　第 3 課：49, 50, 55　第 4 課：67, 68, 69, 71　第 5 課：83, 84, 87, 90, 91　第 7 課：119　第 8 課：142　第 9 課：152　第 10 課：174, 175　第 11 課：188, 193, 195　第 12 課：201, 206, 208
sebentar	片刻、一下	第 3 課：55　第 8 課：131　第 12 課：201
sedang	正在～	第 3 課：49, 55　第 10 課：176　第 11 課：193
sedikit	一點點、一些	第 7 課：113, 121, 122　第 11 課：192
segera	快的	第 12 課：201
sehat	健康	第 1 課：25
sekali	很～	第 5 課：89, 90　第 11 課：193
sekarang	現在	第 8 課：131　第 9 課：156　第 10 課：167
sekilo	一公斤	第 7 課：113
sekolah	學校	第 10 課：174　第 12 課：204, 207
selamat	平安、恭喜	第 1 課：21, 22, 27, 28　第 11 課：195
sepeda	腳踏車	第 12 課：203
setengah	一半	第 7 課：116　第 8 課：131, 136, 137, 139
sholat (salat)	做禮拜	第 6 課：109　第 8 課：131
siang	中午	第 1 課：22, 23, 28　第 2 課：35　第 3 課：51　第 4 課：68　第 8 課：131, 132, 134　第 10 課：178
silakan	請～	第 3 課：49, 50　第 7 課：118
sini	這裡	第 6 課：99　第 7 課：118　第 10 課：175, 177　第 11 課：187, 191
sore	下午	第 1 課：22, 24　第 6 課：99　第 8 課：132, 133
sori	對不起、抱歉（口語）	第 8 課：142
soto	索多（印尼傳統食物）	第 5 課：87　第 11 課：194
stasiun	車站	第 12 課：204, 206
sudah	已經	第 3 課：49, 51, 54, 55　第 7 課：113　第 8 課：131　第 9 課：157　第 11 課：187　第 12 課：205
suka	喜歡	第 5 課：79, 83, 85, 87, 88, 89, 91
supermarket	超市	第 10 課：167, 178　第 12 課：207

susu	牛奶	第 5 課：80, 83, 90　第 6 課：106
tahun	年	第 1 課：22　第 4 課：68　第 9 課：158　第 10 課：169　第 12 課：205
	～歲	第 9 課：152, 159
taksi	計程車	第 12 課：201
tambah	加	第 7 課：122　第 11 課：192
tanggal	日期	第 9 課：147, 149, 151　第 10 課：168
tanya	問	第 3 課：50　第 5 課：84
tas	包包	第 4 課：68　第 5 課：89
tawar	議價	第 7 課：121
	原味	第 11 課：194
teh	茶	第 5 課：79, 80, 86, 91　第 11 課：190, 194
telat	遲到（口語）	第 8 課：142
teman	朋友	第 2 課：37　第 4 課：65, 70　第 6 課：99　第 12 課：209
tepat	準	第 12 課：208
terima kasih	謝謝	第 3 課：49, 58
terlambat	遲到	第 8 課：131, 142　第 11 課：191
tidak	不	第 5 課：79, 83, 84, 85, 91　第 7 課：118, 120　第 8 課：142　第 10 課：174, 175　第 11 課：188, 193　第 12 課：208
tidur	睡覺	第 1 課：22　第 3 課：54　第 8 課：139
tinggal	住	第 9 課：157, 158　第 10 課：176
toilet	廁所	第 5 課：84　第 10 課：177
tolong	請～	第 12 課：201, 208
tradisional	傳統的	第 4 課：65
tunggu	等待	第 3 課：55　第 8 課：131　第 12 課：201, 206
uang	錢	第 4 課：69, 70　第 7 課：113
ulangi	重複	第 11 課：188, 195　第 12 課：208
ulang tahun	生日	第 1 課：22　第 9 課：147, 151　第 12 課：209
umur	年齡	第 9 課：152
untuk	給（介系詞）	第 9 課：147
usia	年齡	第 9 課：159
waktu	時間	第 10 課：167　第 12 課：208
warung	雜貨店	第 10 課：173
yuk	來吧！	第 2 課：35　第 10 課：167, 178　第 11 課：187

解答

第 1 課

牛刀小試

I.

1. selamat sore
2. Apa kabar?
3. selamat pagi
4. sampai jumpa
5. selamat malam
6. baik
7. selamat siang
8. Bapak
9. Ibu
10. sehat

II.

1. Selamat siang.
2. Selamat malam.
3. Selamat pagi.
4. Selamat sore.
5. Apa kabar?
6. Baik-baik saja.
7. Saya jalan dulu. / Saya duluan.
8. Sampai ketemu. / Dadah.

第 2 課

牛刀小試

1. kamu, saya, saya
2. kami
3. dia, dia
4. kalian, kami
5. mereka, mereka

回顧練習

I.

1. Selamat
2. Apa kabar
3. Baik-baik saja
4. duluan
5. sampai ketemu

II.

1. Bapak
2. saya
3. Ibu
4. nama
5. berasal
6. dari

第 3 課

牛刀小試

I.

1. Permisi
2. Silakan
3. kasih
4. Sama-sama
5. belum
6. Sudah

II.

1. sedang
2. makan
3. sudah
4. Belum
5.masak

第 4 課

牛刀小試

I.

1. itu
2. iya
3. bukan
4. ini
5. minum
6. minuman
7. Apa ini?
8. makanan
9. makan
10. Siapa itu?

II.

1. Ini (adalah) tas.
2. Itu (adalah) HP.
3. Ini (adalah) uang saya / uangku.
4. Itu (adalah) minuman kamu.
5. Rumah ini (adalah) rumah saya / rumahku.
6. Pen ini bukan pen kamu.
7. Buku itu (adalah) buku dia / bukunya.
8. Orang itu bukan teman kita.
9. Dia (adalah) ibu saya.
10. Mereka bukan orang Jepang.

第 5 課

牛刀小試

II.

1. dan 2. atau 3. atau 4. dan 5. dan 6. atau 7. dan 8. atau

回顧練習

I.

1.tidak 2.bukan 3.bukan 4.tidak 5.bukan 6.bukan 7.bukan 8.tidak

II.

1. B 2. C 3. B 4. A 5. D

第 6 課

牛刀小試

I.

1. sebelas
2. dua puluh
3. delapan belas
4. lima puluh dua
5. empat puluh enam
6. tujuh puluh tiga
7. delapan puluh lima
8. seratus sembilan
9. seratus empat belas
10. dua ratus tiga puluh satu
11. enam ratus tujuh puluh delapan
12. sembilan ratus sembilan puluh sembilan

II.

1. lima buah 2. tiga orang 3. dua belas buah
4. sepuluh botol 5. enam porsi 6. sembilan bungkus

第 7 課

牛刀小試

I.

1. tiga ribu Rupiah
2. tujuh belas ribu Rupiah
3. dua puluh lima ribu Rupiah
4. enam puluh ribu Rupiah
5. seratus lima puluh ribu Rupiah
6. delapan ratus ribu Rupiah
7. sembilan juta Rupiah
8. lima puluh juta Rupiah

II.

1. seribu seratus
2. sebelas ribu
3. seratus sepuluh ribu
4. satu juta seratus ribu
5. sebelas juta
6. seratus sepuluh juta

回顧練習

I. 1-999 數字

1. B 2. C 3. D 4. C 5. D 6. A 7. B 8. C 9. A 10. D

II.

1. A 2. C 3. C 4. A 5. D 6. B 7. D 8. A 9. D 10. D

第 8 課

牛刀小試

I.

1. Jam sebelas siang
2. Jam empat sore
3. Jam empat lewat sepuluh menit
4. Jam setengah sembilan / Jam delapan lewat tiga puluh menit
5. Jam sepuluh lewat dua puluh empat menit
6. Jam setengah dua / Jam satu lewat tiga puluh menit
7. Jam enam lewat delapan belas menit
8. Jam sembilan lewat lima menit
9. Jam dua lewat empat puluh lima menit / Jam tiga kurang lima belas menit
10. Jam dua belas lewat lima puluh lima menit / Jam satu kurang lima menit

II.

1. C　2. B　3. C　4. D　5. B　6. A　7. B　8. B

第 9 課

牛刀小試

Hari 星期

1. Rabu, Kamis, Sabtu
2. Jumat, Minggu, Senin, Selasa
3. Minggu, Selasa, Rabu, Kamis
4. Rabu, Kamis, Jumat, Sabtu

Bulan 月份

1. Januari　2. Februari　3. Maret　5. Mei　6. Juni
7. Juli　8. Agustus　10. Oktober　11. November　12. Desember

Tanggal 日期

1. 25 Desember　2. 1 Januari　3. 14 Februari
4. 12 Mei (2024 年母親節)　5. 17 Agustus 1945

第 10 課

牛刀小試

I.

1. Selasa　2. 24 Oktober 2017　3. Kamis　4. 26 Oktober 2017
5. November　6. September　7. 2018　8. 2016

II.

1. dari　2. di　3. ke　4. di　5. ke
6. di　7. dari, ke　8. di　9. dari　10. ke

回顧練習

I.

1. 60　2. 60　3. 360　4. 24　5. 7
6. 30　7. 4　8. 52　9. 365　10. 12

II.

1. Besok hari Jumat.
2. Kemarin hari Selasa.
3. Hari ini hari Sabtu.
4. Hari ini hari Minggu.
5. Lusa hari Kamis.
6. Kemarin lusa hari Rabu.
7. Bulan depan bulan Maret.
8. Bulan lalu bulan Agustus.
9. Bulan ini bulan Oktober.
10. Bulan ini bulan April.
11. Tahun depan tahun 1990.
12. Tahun lalu tahun 2011.

第 11 課

牛刀小試

I.

1. B 2. A 3. D 4. B 5. C 6. C 7. A 8. D

II.

1. manis 2. pedas 3. pahit 4. asam 5. asin

III.

(3)	"Nasi gorengnya mau pedas tidak?"
(1)	"Mau pesan apa, Kak?"
(5)	"Mau pesan minuman, Kak?"
(7)	"Saya ulangi pesanannya. Satu soto ayam dan dua nasi goreng spesial, satu pedas dan satu tidak pedas."
(6)	"Gak usah."
(4)	"Satu pedas dan satu jangan pedas."
(2)	"Minta soto ayam satu dan nasi goreng spesial dua."

第 12 課

牛刀小試

I.

1. pesawat 2. sepeda 3. kereta api 4. bus
5. jalan kaki 6. mobil 7. kapal 8. sepeda motor

II.

1. Yuni pulang ke rumah naik ojek.
2. Mereka pesan taksi lewat aplikasi.
3. Tolong jemput saya di lobi hotel.
4. Saya tunggu di depan restoran.
5. Aldo naik sepeda motor ke rumah Joni.

回顧練習

1. pesan 2. pakai 3. jangan 4. tolong 5. naik
6. mohon 7. jemput 8. pulang 9. minta 10. tunggu

國家圖書館出版品預行編目(CIP)資料

帶你學印尼語 零基礎也OK! = Tuntun belajar bahasa Indonesia/黎順雯, 陳蓁合著. -- 初版. -- 新北市 : 智寬文化事業有限公司, 2024.09

面 ； 公分. --(外語學習系列 ; A027)

ISBN 978-986-99111-7-7(平裝)

1.CST: 印尼語 2.CST: 讀本

803.9118 113012612

外語學習系列 A027

帶你學印尼語 零基礎也OK！(附QR Code音檔)

Tuntun Belajar Bahasa Indonesia

2024年9月 初版第1刷

音檔請擇一下載

下載點A 下載點B

著者 黎順雯 Wennie／陳蓁

錄音 黎順雯 Wennie／陳蓁／周得丰 Devon Jou

插畫 Lanang Putro

出版者 智寬文化事業有限公司

地址 235新北市中和區中山路二段409號5樓

E-mail john620220@hotmail.com

電話 02-77312238・02-82215078

傳真 02-82215075

印刷廠 永光彩色印刷股份有限公司

總經銷 紅螞蟻圖書有限公司

地址 台北市內湖區舊宗路二段121巷19號

電話 02-27953656

傳真 02-27954100

定價 新台幣450元

郵政劃撥・戶名 50173486・智寬文化事業有限公司

圖片來源

p114 ~ p116 https://www.bi.go.id/id/rupiah/gambar-uang/default.aspx